双面の旗本

居眠り同心 影御用27

早見 俊

時代小説
二見時代小説文庫

双面《ふたおもて》の旗本——居眠り同心 影御用27

目次

双面《ふたおもて》の旗本——居眠り同心影御用27・主な登場人物

蔵間源之助《くらまげんのすけ》……北町奉行所の元筆頭同心で今は閑職の〝居眠り番〟。難事件に挑む。

蔵間源太郎《くらまげんたろう》……源之助の息子。北町の定町廻《じょうまちまわ》り同心となり矢作兵庫助の妹、美津《みつ》を娶る。

矢作兵庫助《やはぎひょうごのすけ》……凄腕とも豪腕とも呼ばれ、南町奉行所きっての暴れん坊同心の評判を取る男。

美津《みつ》……南町定町廻り同心矢作兵庫助の妹。源太郎の妻となり、長女美恵《みえ》を産む。

大峰九郎兵衛《おおみねくろべえ》……徒目付。役目により河合右京介を探っていたが、不審な自殺を遂げる。

坂東与三郎《ばんどうよさぶろう》……大峰の相方だった徒目付。大峰同様に謎の自殺により果てる。

河合右京介《かわいうきょうのすけ》……直参旗本の家の跡を継ぐも、職を辞し学問所「星雲館《せいうんかん》」を開く。

草野兵部《くさのひょうぶ》……大峰と坂東に河合の身辺を探るように命じた、野心家の目付。

水野左近将監忠邦《みずのさこんしょうげんただくに》……遠州浜松《えんしゅうはままつ》藩主。寺社奉行となり政《まつりごと》を正すべく老中を志す。

妙全《みょうぜん》……根津権現裏手にある河合家の菩提寺、妙寛寺《みょうかんじ》の住職。

蒲田鉄太郎《かまたてつたろう》……房州浪人。河合と出会い新星雲館の塾頭に納まるが……。

河合宗乃介《かわいそうのすけ》……大番頭《おおばんがしら》を務めていた右京介の父。

神尾元義《かみおもとよし》……大番頭。河合右京介の上司であった。

珠子《たまこ》……子宝に恵まれず右京介が離縁をした妻。旗本添田掃部《そえだかもん》の娘。

岩五郎《いわごろう》……下谷黒門町に住む大工。右京介の星雲館を建てた大工の棟梁。

第一章　星雲館

一

「蔵間源之助《くらまげんのすけ》殿とお見受け致す」

その侍は声をかけてきた。

北町奉行所からの帰途、八丁堀《はっちょうぼり》の組屋敷近く、楓川《かえでがわ》に架かる越中橋《えっちゅうばし》に差し掛かったところだ。夏真っ盛りの水無月《みなづき》一日とあって、打ち水が施された往来から濃厚な土の香が立ち上っていた。辺りを夕闇が覆い、吹く風は生暖かい。

蔵間源之助、背は高くはないががっしりした身体、日に焼けた浅黒い顔、男前とは程遠いいかつい面差《おもざ》し、一見して近寄りがたい風貌だ。

源之助は立ち止まり、侍を見返した。無言のうちに相手の素性を問いかける。侍。羽織袴の身形《みなり》からして素性怪しからぬ侍と見受けられた。

「拙者《せつしや》、徒目付《かちめつけ》大峰《おおみね》九郎兵衛《くろべえ》と申します」

徒目付か、なるほど、目つきは鋭い。徒目付は八丁堀同心同様に御家人の身分だが役高は百俵五人扶持《ぶち》と、三十俵二人扶持の同心よりも高く、手柄を立て続ければ旗本への昇進もある。身分が上の相手に対し、源之助は一礼してから、

「わたしに用向きが……」

「是非とも、お願いがござってな」

偉ぶらないどころか気さくな様子で答えてから大峰は周囲を見回した。縄暖簾《なわのれん》を見つけると立ち話もなんですからと誘いをかけてきた。初対面の相手と酒を酌み交わし、頼み事をされるというのは抵抗があったが、源之助の返事を待たず大峰はさっさと店に入ってしまった。

仕方なく源之助も続いた。

紺地《こんじ》の暖簾には屋号である瓢簞《ひょうたん》の文字と絵が白地で描かれている。

天井から吊るされた八間行灯《はちけんあんどん》には灯《ひ》が入れられ、薄ぼんやりとした店の中は半分ほど客で埋まっていた。大峰は入れ込みの座敷に上がり、手早く酒を頼んだ。

早く話がしたいのか、はたまた飲みたいのか、雪駄《せった》が脱ぎ散らかされた。源之助は

大峰の雪駄を揃え、自分の雪駄も脱いでからきちんと並べた。大峰の雪駄に比べて重い。源之助の足が大きいわけではない。雪駄の底に薄く伸ばした鉛《なまり》の板を仕込んでいるためだ。

かつて、筆頭同心として捕物出役《しゅつやく》の陣頭指揮を執っていた頃、十手《じって》や大刀に加えた武器となるよう、懇意にしている日本橋長谷川町《にほんばしはせがわちょう》の履物問屋杵屋善右衛門《きねやぜんえもん》にあつらえてもらった。両御組姓名掛《りょうおんくみせいめいがかり》という閑職に左遷《させん》されてからも、履き続けている。真夏の最中、炎昼を歩く際には億劫《おっくう》だが、履かなくなったら八丁堀同心を引退する時だと自分に言い聞かせている。

そんな源之助の思いなど知る由《よし》もなく、

「肴《さかな》はと……」

大峰は店内をぐるりと見回し、

「みょうがに泥鰌汁《どじょうじる》、それから鯉《こい》の洗い……。とりあえず、頼む」

と、主人に頼んでから、それでよろしいなと確認された。源之助は首を縦に振った。正座をし、両手を膝の上に置いた源之助に大峰は膝を崩すよう言い、絽《ろ》の夏羽織を脱いだ。気軽な雰囲気で話をしたいのだと思い、源之助も夏羽織を脱ぐとあぐらをかいた。

改めて見ると大峰は歳の頃は三十四、五、徒目付として脂《あぶら》が乗り、戦力となっているのではないか。

大峰は襟元を開くと、扇子《せんす》を忙《せわ》し気に動かして風を送り始めた。

快活といえば快活だが、頼み事をする態度ではない。

酒が運ばれてきたところで、

「まずは、一献」

ちろりを向けてきたため、

「失礼ながら、御用向きを伺いたいのですが」

猪口《ちょこ》を手に取らず源之助が返したため、

「これは失礼致した」

大峰は居住まいを正し、一言詫びてからおもむろに語りだした。

「拙者の相方に坂東与三郎《ばんどうよさぶろう》という者がおった」

おるではなくおったというのが引っかかったが、とりあえず話を聞こうとそのことには触れないでおいた。

徒目付は二人で役目を担《にな》う。たとえば、ある旗本の身辺を調査するのに、一人はいい面、一人は悪い面から探索を行うのだ。

源之助は黙って話の続きを促す。

「拙者と坂東は直参旗本河合右京《かわいうきようのすけ》介さまの身辺を探るよう御目付草野兵部《くさのひようぶ》さまより命じられたのでござる」

河合家は直参旗本五千石、三河《みかわ》以来の名門旗本で歴代の当主は大番《おおばんがしら》頭や組頭を務めてきた。安房《あわ》国に領地を持つ、知行取りの旗本でもあった。現在の当主右京介は大番入りはしたものの、組頭に推挙されると職を辞してしまった。二年前、河合が三十一歳の時である。以降、河合は屋敷に引き籠り、人を遠ざけた。

ところが今年の卯月《うづき》、屋敷内に講堂を建て学問所とした。星雲館《せいうんかん》と名付けられた学問所は身分の上下を問わずに門戸を開き、河合自らが講義を行っているそうだ。特に町人たちに入塾を勧め、月謝は取らないという。

ついては、河合の意図を探れと、目付草野兵部から命じられたという。

「拙者はいい面、坂東は悪い面から探索を行ったのでござる。草野さまとしては、河合さまが大勢の門人を集め、御公儀に対してよからぬ企てをなさるのではないか、そこまではいかなくとも御政道を批判する勢力を築く意図はないかを危惧なさったのでござる」

大峰が話の区切りをつけたところで、みょうがが運ばれてきた。大峰の目がみょう

がに向けられたが、源之助が軽く咳払いをしたため視線を源之助に戻し、

「拙者は河合さまは白、坂東も白という探索の結果を得たのです」

「お二方が一致の探索結果ということは、河合さまにはなんら問題はないということでございましょう」

源之助は首を傾げた。

「ところが、探索の報告書を草野さまに提出した直後、坂東は切腹して果てたのでござる。先月の二十五日のことでござった」

「何故でござりますか」

「表立っては病で死んだということにしておる。遺書がないため自害の理由はわからぬままでござる」

大峰は深いため息を漏らした。それから口を閉ざし、腕を組んだ。源之助は声をかけることなく黙って大峰の口が開かれるのを待った。

すると大峰は組んだ腕を解き、

「切腹とは思えぬのでござるよ」

「では、殺されたと……」

源之助の言葉に大峰は深く首肯《しゅこう》した。

「どういうことでござる」

源之助は身を乗り出した。

思わずといったように大峰はちろりを手に取ると猪口に注ぎ、呷《あお》るようにして飲み干した。渋面《じゅうめん》となったことからして、飲まずにはいられない様子である。源之助も黙って見守るしかない。

大峰はちろりが空になるまで飲んでから、

「いや、確かに切腹であったのでござる。組屋敷の庭で坂東は腹を切ったゆえ、何者かに斬殺されたわけではござらん。言ってみれば、切腹に追い込まれたと、拙者は思う」

声を上ずらせ大峰は訴えかける。

「誰に追い詰められたのでござるか」

「河合右京介さまでござるよ」

大峰は即答した。

「河合さま……。しかし、河合さまは白でいらしたのでござろう」

「いかにも。実際、拙者の調べにおいても河合さまは誠実無比のお方でござった。星雲館に入門した町人には親切、丁寧に学問を教え、決して声を荒らげたりすることもない」

「ならば、そんな河合さまに坂東殿が追い詰められたとはどういうことでござるか」

「河合さまの不気味さでござる」

言葉通り大峰は怖気《おぞけ》を震《ふる》った。

ちろりを持ち上げたところで大峰は空《から》だと気付き、お替わりをした。その様子を見れば、事態は深刻なような気がする。

「失礼ながら、もし、河合さまのことをお疑いならば、大峰殿が再度探索を行えばよろしいではござらんか」

源之助が言うと、

「それはできぬ」

きっぱりと大峰は否定した。

「どうしてでござる」

「河合さまは我らが調べ、白と断定したのでござる。それをもう一度調べ直すことはでき申さぬ」

「それで、わたしに調べよと申されるか」

「お願いしたい」

大峰は正座をした。

「わたしは町方、申すまでもなく、直参旗本の河合右京介さまを調べることはできませぬ。それに、わたしは両御組姓名掛という閑職にある身でもござる。とても、大身《たいしん》旗本の身辺を調べるなど、できるはずがござりませぬ。平《ひら》にご容赦くだされ」

辞を低くして源之助は断った。

「これでも徒目付、蔵間殿のことは調べがついてござる。貴殿、町奉行所とは関係なく、独自に探索を行われ、辣腕《らつわん》を振るっておられる。影御用と呼ばれておるとか。ならば、拙者の頼みも、是非にも影御用としてお引き受け願いたい」

両手を膝に置き、大峰は頭を下げた。

「まあ、頭を上げてくだされ」

探索をするとしても、とっかかりがない。躊躇《ためら》いを示す源之助に、

「金子《きんす》なら多少、用意した」

大峰は紫の袱紗《ふくさ》包みを差し出した。しかし、源之助は受け取ることなく、

「銭金《ぜにかね》の問題ではござらん」

「蔵間殿は銭金では動かぬお方とは存じておる。金子を出した無礼は詫びるゆえ、是非ともお引き受けいただきたい。拙者、本日に御目付草野兵部さまに辞表を出してき

たところでござる」

　大峰は言った。

「辞表でござるか……」

　職を辞しての頼みと言いたいのだろう。それなら、徒目付という立場ではなく大峰が個人で河合右京介を探索すればいいではないかと、多少の反発を覚えるが、苦《にが》りきった大峰を見ると言い返すことが躊躇《ためら》われた。

　源之助の心中を察したのか、

「職を辞したのなら自分で調べればよいのだが、情けないことに怖くなった。河合右京介さまというお方が恐ろしくなってきたのだ」

　暑いのに、大峰は襟元を引き合わせた。

「今のお話だけでは、なんとも返事できませぬな」

　坂東与三郎が自害したということは事実なのだろうが、原因が河合右京介探索にあるとは大峰の推量であって、必ずしも河合探索に起因するとは限らない。品行方正と判断した河合を恐れるということも理解できなかった。

「大いにぶしつけな願いと思ってござる。では、これを御覧になられてから、お返事をお聞かせくだされ」

大峰は懐中から帳面を取り出した。

「これは……」

「拙者が調べた河合さまの報告書でござる。むろん、草野さまに提出したものと同じものでござる」

大峰は言った。

「目を通すことはしましょう」

源之助が受け取ると大峰はうなずき、

「ならば、話は一応済んだということで、さあ、飲んでくだされ。召し上がってくだされ」

大峰は膝を崩した。

そして、自ら箸を取り、泥鰌汁を食べ始めた。源之助もみょうがに味噌をつけ口に入れた。しゃきしゃきとした食感と甘味が口の中を爽やかにしてくれた。

「蔵間殿、さあ」

酒を勧《すす》められ、猪口に一杯だけ飲んだ。源之助はそれほど酒を飲まない。飲めなくはないが、自分から飲む方ではない。自宅で晩酌をすることなどは稀であった。そんな源之助に無理に勧めることなく、大峰は手酌で飲み続けた。

飲むうちに坂東の思い出話となった。

坂東は十年来の相方なのだそうだ。ひとしきり思い出話をするうちに涙ぐんだ。

「本当は拙者が仇討《あだうち》をしてやらないといけないのでござる。ところが、河合右京介さまは恐ろしい」

河合への恐怖を大峰は繰り返す。

「まあ、わたしも引き受けるとはお約束できませぬが、まずはとっくりと読んでみます」

慰めるように言った。

「勝手ながらお願い致す」

大峰は袖で涙を拭った。

「さあ、熱いうちに泥鰌汁を召し上がってくだされ」

源之助が勧めると、

「かたじけない」

何度も大峰は感謝した。

二

明くる二日の朝だった。

源之助の息子で北町奉行所定町廻《じょうまちまわ》り同心、蔵間源太郎《げんたろう》は岡っ引の京次《きょうじ》と共に亡骸《なきがら》を検《あらた》めていた。

源太郎は強面《こわもて》の源之助とは正反対の優し気な顔立ちだが、源之助譲りの正義漢である。悪を憎むこと甚《はなは》だしいが若さゆえに空回りをすることも珍しくはない。そんな息子を補佐するため、源之助は岡っ引の京次をつけてやった。

歌舞伎《かぶき》の京次という二つ名が示すように元は中村座《なかむらざ》で役者修業をしていたが、性質《たち》の悪い客と喧嘩沙汰を起こして役者をやめた。お縄となって源之助が取り調べに当たった。口達者で人当たりがよく、肝《きも》も据《す》わっている京次を気に入り岡っ引修業をさせると、源之助の目利き通り腕利きの岡っ引となった。今では、神田《かんだ》、日本橋界隈では、「歌舞伎の親分」と慕われている。

越中橋近くの稲荷《いなり》で首吊り遺体が発見されたのである。八丁堀与力や同心が住む組屋敷とは目と鼻の先、しかも首を吊っていたのは羽織袴の侍と聞いて、遺体を見るまでは南北町奉行所、いずれかの与力かと源太郎は色めき立った。

稲荷に来たところで素性はすぐにわかった。徒目付大峰九郎兵衛である。妻の利久《りく》が現場に駆け付けていた。夜が明けても夫は帰らず、昨夕、八丁堀に行くと言い残して出かけたことを思い出し、越中橋までやって来た。すると、近くの稲荷で首吊り遺体があったというではないか。もしやと利久は稲荷に足を運び、亡き夫と対面したのだった。

大峰の亡骸を近くの自身番所まで運び、

「このたびは、謹んでお悔やみ申し上げます」

源太郎はまず悔やみの言葉を述べた。

妻の利久は気丈にも涙を流すことなく、町方の手を煩《わずら》わせたことを詫びた。

「ご主人が自害なさったわけに心当たりはござりませぬか」

源太郎の問いかけに、

「このところ、塞《ふさ》いでおるようでございました」

「役目のことで何か悩んでおられたのでござりますか」

「多分、そうだと思います。主人は役目のことは話をすることはございませんでしたので、具体的にどのようなことで悩んでいたのかわかりませんが……」

淡々と利久は答えた。

不審な点は見つからない。

自害と見ていいだろう。

念のため京次が越中橋周辺の聞き込みを行っている。

利久は、

「あの、こんなことを申してはなんでございますが、自害ではなく病死として届け出たいと思います」

「御家のためでございますね」

源太郎は理解を示した。

ここでふと思い出したように、

「昨日は、心なしか晴れ晴れとしていたのです」

利久は言った。

「ほう……」

「ここ数日見ることのなかった明るい顔となって、冗談を口に出し、揚句《あげく》には箱根《はこね》に湯治《とうじ》に行こうなどと申したのです。わたしは、本気にはしませんでしたが、それでも、このところ塞いでいた主人が朗《ほが》らかとなりましたので、随分とうれしくなったものです」

「何か良いことがあったのでしょうか」

「わかりません。ですが、何か吹っ切れたような様子でございました」

記憶を辿るように利久は天井を見上げた。

朝顔売りや金魚売りの売り声が通り過ぎてゆく。今年は一段と暑いと、行き交う者が言葉を交わし合っていた。

「吹っ切れたとは役目上のことでしょうか」

源太郎の問いかけには、

「おそらくはそうだと思うのですが、先ほども申しましたように、主人は役目のことは口に出すことはありませんでしたので、わたしにはわかりません。ただ、主人が明るくなったことが喜ばしかったのです」

ここに至って利久は言葉を詰まらせた。

「ご主人、一体、何が」

源太郎が呟いたところで、

「今にして思えば、死のうと腹を括《くく》ったのかもしれませんが」

「ですが、箱根への湯治を誘われたのでございましょう」

「それはわたしへの気休めを言ったのではないでしょうか」

利久は目を伏せた。

慰めの言葉を探したが見つからず、

「改めて、お悔やみ申し上げます」

源太郎は頭を下げた。

「お手数、おかけしました」

利久は詫びてから、大峰の亡骸を引き取りたいと申し出た。亡骸は縄で首を括った跡が咽喉《のど》にあるだけで、外傷はなく不審な点はない。自害とみていいだろう。縄は大峰が持参したものだろう。とすれば、覚悟の自害という可能性が強まる。

源太郎は町役人《ちょうやくにん》に大峰の屋敷まで亡骸を運ぶよう頼んだ。

大峰の亡骸が運び出されてから、京次が戻って来た。

殺しの線がないといっても、奉行所への報告書は作成しなければならない。大峰が自害に至った理由は不明としても、稲荷で首を吊るまでの経緯がわかればありがたい。

「どうだった」

期待を込めて源太郎が訊くと、

「大峰さまの稲荷に入るまでの足取りがわかりましたよ」

手拭《てぬぐい》で汗をふきふき、京次は答えた。

「それはお手柄だ」

「大峰さま、稲荷に行く前に瓢箪にいらしたそうですよ」

「瓢箪というと、越中橋の袂にある縄暖簾ではないか」

京次が大きくうなずいたところで、

「自害をする前に酒を飲んでいたということか」

源太郎は問い返した。

「この世の名残《なごり》に酒を楽しんだのかもしれません。それと、死への恐怖を紛《まぎ》らわせる目的もあったかもしれませんね」

京次の考えに源太郎も同意し、

「自害で決まりということだな」

源太郎は断じた。

「そうですね。近頃は、役目で鬱屈《うっくつ》する方々が多いといいますからね、あっしなんかは嫌な気分になったら、酒でもかっくらってふて寝すりゃあ、翌朝には忘れちまうんですがね。お役勤めのお武家さまはそういうわけにはいかないんですかね」

京次が同情するように眉根を寄せると、

「そうだな。宮仕えは辛いものだ、などとわたしが申すと、父上から叱責されるだろうがな」

源太郎は肩をすくませた。

「源太郎さん、まじめでいらっしゃるから、悩み事を抱えていらっしゃるんじゃねえですか」

京次に心配され、

「悩み事といえば、暑いのと赤子の夜泣きだな。寝苦しくて仕方がない」

言ったそばから大きくあくびを漏らしてしまった。

「ああ、お嬢さんですか。今の時期は大変ですよね、って言っても、あっしんところは子供がいないんですけどね」

「泣くのは元気な証《あかし》ゆえ、仕方がないのだがな」

源太郎はもう一度あくびをした。

「こりゃ、大変そうだ」

京次はおかしそうに笑った。

「一応、瓢箪を覗いてみるか」

源太郎が誘うと、

「合点でえ」

快く京次は応じた。

二人は瓢箪にやって来た。昼間は一膳飯屋をやっている。

「丁度《ちょうど》、腹が空《す》いたな。何か食べていこうか」

源太郎が言うと、

「いいですね」

京次も腹が減ったと腹を撫でた。

二人は飯を食べることにした。酷暑ゆえ、食欲がわかないと源太郎は言いながら丼飯と豆腐の味噌汁、鰯《いわし》の塩焼きを平らげた。

食べ終えてから主人に、

「昨晩、お侍がここで飲み食いしなすっただろう」

京次が大峰の人相を話すと、

「ええ、いらっしゃいましたよ」

主人は覚えていた。

次いで、

「お父上さまと一緒でしたよ」

と、源太郎を見た。

「父と」

源太郎が戸惑いに言葉を詰まらせると、

「蔵間の旦那がご一緒でしたよ」

改めて主人は言った。

京次が、

「こいつは驚いた。事件のあるところ蔵間源之助ありってことですよ。おおっと、こりゃ、事件じゃないか」

と、額《ひたい》をぽんと手で叩いた。

大峰の自害を知らない主人が目を白黒とさせた。源太郎が、大峰がここで飲んでから稲荷で首を吊ったことを教えると、

「へえ、そうでしたか」

主人は驚きの表情となった。

「大峰殿、いかなる様子であった」

源太郎が問いかけると、

「そうですな、大変に陽気と申しましょうか、お酒を沢山《たくさん》召し上がり、お肴もよく召し上がりました」

思い出しながら主人は答えた。

京次が、

「自害を前に宴を催していたってこってすかね」

「父相手にか」

源太郎が首を捻ると、

「蔵間さまとどんな話をしたか、わからないかい」

京次が問いかけると、

「さて、お話の中味まではわかりませんけど、大峰さまと申されるお侍さま、蔵間の旦那に頭を下げておいででしたよ」

主人はぺこりと頭を下げて見せた。

「詫びている風だったのか」

「いえ、その、なんと申しますか、頼み事をしている様子でした」

主人の答えを受け、

「影御用じゃないですかね」

京次が言った。

「徒目付の大峰殿が父に影御用を依頼したというのか」

源太郎は不審がった。

「確かにおかしなことですが、大峰さまが昨日、晴れ晴れとした気になっていらしたことを思いますと、死出の旅に向かおうと腹を括られたんじゃないですかね。そして、蔵間さまに影御用を依頼されて、安心して冥土《めいど》へ旅立たれた」

京次の考えに源太郎もうなずいた。

「京次の考えにわたしも賛成だ。となると、自害のわけを父に話したかもしれん。もちろん、これから自害するとは言わなかっただろうが、父に依頼した影御用が自害と関わることは間違いなかろう。ともかく、父に話を聞こう」

「そうですね」

二人のやり取りを聞き、

「何かご不審な点でもございますか」

主人が危ぶんだ。

「いや、大したことではない」

源太郎は安心させるように笑みを投げかけた。

「物騒な世の中ですからね」

主人は肩をすくめた。

「では、わたしは奉行所に戻り、父上にこのことを確かめる」

「あっしは、もう少し聞き込みをしてみますよ」

京次は言った。

「今日も暑いな」

源太郎はまたもあくびを漏らした。

三

源之助は居眠り番こと両御組姓名掛に出仕をし、大峰九郎兵衛から渡された直参旗本河合右京介に関する報告書を読んでいた。

南北町奉行所に所属する与力、同心の名簿を作成、修正するのが職務である。誰々の父が亡くなった、誰々に赤子が生まれたといった家族に変化がある都度《つど》、記入、削除していく。

この役目でただ一つ楽しいことがあった。今年の正月二十日、初孫美恵《みえ》の誕生を名簿に書き記したのだ。閑職の身であり、孫の誕生は隠居へ繋がることであるが、「美恵」と孫娘の名を記した時の喜びはひとしおで、しばらくは何度も名簿を引っ張り出し、蔵間家の欄を見返したものである。

とはいえ、いたって暇な部署だ。よって、南北町奉行所を通じて源之助ただ一人という閑職で、北町奉行所の建屋内にはなく、土蔵の一つを間借りしている。三方の壁には与力、同心の名簿が並べられた棚があり、板敷に畳を横に二畳並べて、文机《ふづくえ》が置いてあった。火鉢も備わっているが夏とあって使っていない。

天窓から見える紺碧《こんぺき》の空が夏の盛りを感じさせ、蟬《せみ》の鳴き声がかまびすしい。風を取り入れるため、引き戸は開けっぱなしだ。

大峰の報告書によると、河合右京介はまこと品行方正な武士であるということで、そこに疑惑の影は見られなかった。人柄同様に暮らしぶりは質素、そして特筆しているのは瓢簞で大峰が語っていたように、町人相手に学問所を主宰していることである。

今年、屋敷内に講堂を建てた。卯月十日に講堂は落成し、学問所として町人を受け入れている。学問所は星雲館と名付けられたそうだ。

まさしく、河合は白であったのだ。

ところが、河合に徒目付坂東与三郎は怯《おび》えていた。何故なのだろうか。大峰の言葉が思い出される。河合右京介は恐るべき男であると。

会ったことも見たことない河合右京介に思いを馳せたところで、

「父上、失礼致します」

源太郎がやって来た。

既に外回りを行ってきたようで、汗でぐっしょりとなっている。

「まあ、入れ」

源之助が招き寄せると源太郎は羽織を脱いで扇子をぱたぱたと動かした。開け放たれた天窓から聞こえる蝉の鳴き声が暑さを助長する。

「どうした」

源之助の問いかけに、

「父上、昨晩、瓢簞で徒目付大峰九郎兵衛殿と会っておられましたな」

源太郎は問いかけで答えた。

それも意外な問いかけである。

「いかにも」

認めてから、それがどうしたのだと目で尋ねた。

「大峰殿、父上と別れてから近所の稲荷で首を吊りました」

源太郎が答えると、

「まことか」

思わず、源之助は腰を浮かしてしまった。

源太郎はうなずいてから、

「先ほど、お内儀が亡骸を引き取っていかれました」

「なんとしたことだ」

浮かした腰を落ち着ける。

昨晩は自害の素振りもなかった。いや、それは自分から見てのことだ。影御用を依頼してから、大峰は大いに飲み、食べ、語った。死の影は感じなかったが、死を前にして最期の宴を楽しんでいたと取れなくもない。

「父上、大峰殿とはお知り合いだったのですか」

「いや、昨日が初対面であった」

「初対面なのに意気投合して瓢簞で一杯、やっていらしたのですか」

「大峰殿に誘われたゆえな」

思案するように源之助は腕を組んだ。

「立ち入ったことを尋ねてよろしゅうございますか」

「構わん。大峰殿の死に疑念があるのか」

「疑念というほどではございません。お内儀の話ですと、ここ最近の大峰殿は塞ぎがちであったとか。自害するのはわかるということでしたが、昨日に限っては明るくなり、箱根に湯治に行こうと誘われたとのこと。自害を覚悟しておられたのではと考えました。そこへ、京次の聞き込みで大峰殿が瓢簞で飲んでいたことがわかり、主人に話を聞いたところ、父上と飲み、そして、大峰殿が父上に頼みごとをしておられたと聞き及び、これはひょっとして、大峰殿が父上に影御用を依頼し、それで満足して死に至ったのではと推量した次第です」

一気に捲《まく》し立て、源太郎は額から滴《したた》る汗を袖で拭った。単衣の袖が黒い染みを作った。

「いかがですか、父上」

源太郎に問われ、

「いかにも、影御用の依頼を受けた」

源之助は認めた。

「どのような影御用ですか」

「それは申せぬな」

きっぱりと断ると、

「わかりました、影御用に立ち入ることは致しませぬ。では、大峰殿が自害したということに異存はございませんか」

源太郎は目を凝らした。

「正直、違和感はある。自害を前にした御仁とは思えなかった。わたしの勘であるが、大峰殿は己が死から逃れるためにわたしに影御用を依頼したのだ。それなのに、自害するとは思えぬ」

「では、殺しであったとお考えですか」

「首吊りで見つかった者が自害でないとすると殺されたということだ」

「下手人《げしゅにん》に心当たりがあるのですか」

「ある。いや、まだ、断定はできない。それでも、これから調べることになる。おまえが睨んだように大峰殿の死は、大峰殿が依頼した影御用に関わるものと思う」

源之助の話に源太郎は身を乗り出した。

大峰にははっきりと河合右京介探索を約束しなかったが、これで決めた。大峰の死に報いるためにも引き受ける。もっとも、河合が大峰の死に関係しているかどうかは決めつけられないが……。

「そう、不満そうな顔をするな。今回の影御用は町方が踏み入れることができない範《はん》疇《ちゅう》だ」

「ということは武家が絡んでおるということですか」

「そういうことだ。まあ、任せろ」

源之助は胸を張った。

「よくわかりませんが、わたしは手出し致しません。ですが、くれぐれもご用心くださされ。大峰殿が殺されたとなりますと、下手人は徒目付も平気で殺す輩《やから》、非常に危のうございます」

「これまでにも危険な影御用は行ってきたのだ。何も今に始まったことではない」

源之助は余裕の笑みを返した。

「それもそうですね」

源太郎は表情を軟らかくした。

「得心できぬかもしれぬが、我慢してくれ」

「わたしは手柄を立てることより、真実を明らかにして欲しいと思います」

源太郎は言った。

すると、そこへ、

「御免」

と、筆頭同心の牧村新之助《まきむらしんのすけ》がやって来た。新之助は源之助に頭を下げると、

「今晩、捕物出役《しゅつやく》だぞ」

「何処《どこ》ですか」

殺しの探索を源之助に奪われたようで、気持ちを沈ませていた源太郎は目を輝かせた。

「根津権現《ねづごんげん》裏手にある浄土宗《じょうどしゅう》の寺、妙寛寺《みょうかんじ》だ」

「ということは、賭場《とば》の摘発でございますか」

「住職の妙全《みょうぜん》はとんだ生臭坊主というわけだ。まったく、坊主丸儲けで、許せぬ」

寺社奉行水野左近将監忠邦《みずのさこんしょうげんただくに》の隠密が既に摘発した博徒《ばくと》から妙寛寺でも賭場を開帳していることを聞き込んだのだそうだ。大掛かりな賭場が開帳されることから、北町奉行所に応援要請がなされたという。

「源太郎、抜かるな」

源之助が言うと、

「もちろんです」

源太郎は勇んだ。

新之助も目を輝かせてうなずき、

「ところで、蔵間殿、近頃、退屈をなさっておられるのではございませんか」

「いや、そんなことはないがな」

源之助は言葉を曖昧《あいまい》にした。

「もっとも、蔵間源之助が暇ということは、江戸は平穏ということですが」

新之助は笑みを広げた。

「妙全という坊主、評判はどうだ」

「それが、施行《せぎょう》をしておりまして、いたく評判がいいのです。昨年末、先代の住職が亡くなり、この弥生《やよい》に安房の寺からやって来たのです。新任の住職ということで、檀《だん》家《か》や門前の町人たちから評判を得ようと施行をしているのかもしれません」

「どのような施行だ」

「火事で焼け出されたり、食うに困っておる者に粥《かゆ》を炊いてやっておるのです。しかも、困った者には銭を担保なしで貸しておるのだとか」

「施行のため賭場で儲けておるとしたら本末転倒だな」

「わたしもそう思います。ですが、大変に慕われておる妙全を摘発するというのは気が進みませんが、これも役目です」

新之助は表情を引き締めた。

「我ら十手を預かる者の務めだ。摘発をしてから、妙全にしっかりと話を聞くことだな。それで、施行の実態をつまびらかにすることだ。噂や評判だけでは判断はできんぞ」

源之助が釘を刺すと、

「おっしゃる通りでございますな」

新之助も賛同した。

「世の中、悪いばかりの者というのは珍しい。悪いこと好いことを併《あわ》せ持っているものだぞ」

源之助の言葉に二人ともうなずいた。

「そういえば、このところ、寺社方の賭場摘発は熱心だな」

源之助が言うと、

「寺社御奉行水野左近将監さまが、殊《こと》の外《ほか》熱心ということでございます」

「いかにも水野さまらしいな」

源之助は得心がいった。

水野忠邦であれば、それも当然のことのように思えた。

「水野さま、時には自ら捕物出役の陣頭に立っておられるほどです」

新之助は言った。

「水野さまらしいのう」

苦笑が漏れた。

「今夜も水野さまが出役されるのですか」

源太郎が訊くと、

「おそらくはな」

やれやれと新之助は苦笑を漏らした。

「寺社方に北町の手腕を見せてやれ」

源之助は二人を励ました。

四

その晩、源之助は大峰九郎兵衛の通夜に出た。

大峰の住まいである御徒町《おかちまち》の組屋敷には大勢の同僚、上役が通夜の席に連なった。

源之助は大峰の妻に悔やみの言葉を述べてから早々に屋敷を後にした。

すると、

「蔵間か」

裃《かみしも》に威儀を正した武士に声をかけられた。大峰屋敷の門前に掲げられた高張提灯《たかはりぢょうちん》に浮かぶ武士は、三十代そこそこ、四角張った顔、色白の肌、ぴんと伸びた背筋、実に隙のない男である。

源之助が一礼をすると、

「わしは目付草野兵部である」

草野は名乗ってから堅苦しい挨拶は抜きだと言い添えた。目付は直参旗本、御家人を監察する役目を担う。成果を上げれば、町奉行、勘定奉行への道が開かれる。

「そなた、大峰から何か耳にしておろう」

草野の問いかけに、

「直参河合右京介さまのことでございますか」

草野の心中を推し量るように口をきつく引き結んだ。草野はうなずくと、

「大峰と坂東、共に河合殿を探らせた。二人とも、河合殿を人格高潔にして誠実無比の人柄であると断じた。ところが、二人共に、その河合殿をひどく恐れていた」

「畏《おそ》れながら、草野さまは大峰殿が自害したとお思いでございますか」

源之助が問いかけると、

「うむ、それ以外には考えられぬな」

二人の死に不審な点はないと草野は断じた。

「ということは河合さまは、表沙汰にはなっていない悪事を働いておられるのでしょうか」

「河合殿は一点の曇りもなき御仁である。また、河合家は安房にある知行地での評判もよい」

「それが、何故大峰殿や坂東殿は恐れ、しかも、死へと追い込まれたのでござるか」

「そこが河合殿の恐ろしいところであろう。蔵間、改めてわしから河合右京介の探索を任せたい。頼まれてくれ」

草野は源之助を向いた。

「それは構いませんが、河合右京介さま、いかにして接近すればよろしいものか」

自分は隠密ではないことを源之助は強調した。

「星雲館に通えばよい」

事もなげに草野は言った。

「入門者は町人に限るのではございませぬか」

源之助が危惧すると、

「河合はな、身分の上下、貧富に関係なく、学ぶ気がある者を求めておる。表立っては町人ということじゃが、浪人もおれば無宿人もおる。町方の同心を拒むことはあるまい」

星雲館では医術、算術、地理、天文などを広く教えているそうだ。

「大丈夫でしょうか」

「そなたは町人と密接な関わりを持つ八丁堀同心ではないか。出入りは許されるだろう」

「しかし、わたしのような老体が今更、学問所で学ぶなど」

「学問に老いも若きもない」

草野は言った。

「それはそうですが……。河合さま、今は何を教えておられるのですか」

「歴史であるそうな。今後は学科ごとに教授を揃えるようだ」

「そんなことをして、河合さまはどうしようとお考えなのですか」

源之助は首を捻《ひね》った。

一銭も受け取らず、大店《おおだな》の商人からは月謝を取るが蓄財をなすというほどではない。

では、河合は学問を教えることよって何を得ようとしているのだろうか。

二年前に大番組頭に推挙されながら、辞して野《や》に下り、それ以来、一切の出仕はしない。今年の卯月、学問所を開くまでは人と交わることを避けてきた。

「では、調べる必要のないお方ではございませぬか」

当惑して源之助が聞き返した。

「そこじゃ」

草野は顔を歪ませた。

「いかがされましたか」

「蔵間、そなた、町方の同心を永年に亘《わた》り務めておるゆえ、わかるであろう。神でも仏でもない限り、人には欲というものがある。欲のない人間などはおらぬ。そうは思わぬか」

草野に問われ、

「わたしも同感でございます」

「であれば、河合にも欲があるはず。坂東と大峰が恐れたのは何か」

「大峰殿は得体の知れぬ恐怖を味わったと申されていました」

「そこだ。仏の如き男が持つ恐るべき素顔とは何であろうな」

草野は言った。

「はなはだ、興味深いものと存じます」

源之助も俄然、興味を抱いた。

「ならば、頼むぞ」

「ここではっきりとしておかねばならないことがあると存じます」

源之助は草野に向いた。

「なんだ」

草野は源之助の視線を受け止めた。

「目下《もっか》、河合さまは何か罪を犯しておられるのでしょうか」

「坂東と大峰を死に追いやったではないか」

「しかし、それは、自害ともとれる死でございます。冷たい言い方ではございますが、お二人は河合さまの影に怯え、その結果、死に至ったのでございます。そこに、河合さまの手が加わったとは申せませぬ。そもそも、河合さまをお疑いになる理由はなんでございますか」

源之助が問いかけると、

「だから、申したではないか。この世に神や仏のような人はおらぬと」

「それだけでござるか」

いかにも曖昧《あいまい》としている。

「ともかく、探ってくれ」

草野は強い口調となった。

「承知しました」

どうせ、暇な身である。それに河合右京介への強い好奇心にも駆られた。

草野が立ち去ってから、

「妙寛寺に北町と寺社方の捕方が入ったそうだぞ」

という声が聞こえてきた。

天水桶の陰に身を潜ませ、耳をすませる。

大峰の弔問を終えた侍たちが声の主であることがわかった。

侍たちは寺社方と北町の捕物出役を語り合っていた。

「水野左近将監の差し金か」

「いかにも。だが、水野の手足となっておるのは目付草野兵部さまだ」

「声が大きいぞ」

「かまうものか」

侍たちは声高に話しながら引き上げていった。

草野は水野の手先となっている。すると、河合を危険人物と見なしているのは水野忠邦なのかもしれない。

源之助は表情を引き締めた。


夜、八丁堀の組屋敷に戻ると南町奉行所定町廻り同心、矢作兵庫助《やはぎひょうごのすけ》が源之助の帰りを待っているという。

玄関で妻の久恵《ひさえ》からお清めの塩をかけてもらい、居間に向かった。久恵には先に休むよう言いつける。

居間に入ると矢作は腕を組んでしかめっ面をしている。いつもなら、持参の酒を湯呑でぐいぐい飲んでいるのだが、今夜は久恵が淹《い》れた茶にすら手をつけていない。

南町奉行所きっての暴れん坊の評判通り、牛のような逞しい顔つきをしているのだが、今夜は不機嫌さが加わって猛牛といった風だ。

そして矢作は源太郎の妻美津《みつ》の兄、源之助には義理の息子であった。

「どうした、お通夜みたいな顔をして。もっとも、わたしは通夜帰りだがな」

源之助は羽織を脱ぎ座った。

「捕物、空振りだった」

矢作は舌打ちをした。

「どんな捕物だったのだ」

矢作は渋面《じゅうめん》を作り、

「隠れキリシタンの摘発だ。寺社奉行水野左近将監さまの隠密が上野黒門町《うえのくろもんちょう》の火除《ひよ》け地に立つ小屋で隠れキリシタンの集会が行われていることを突き止めたということで、南町に捕物出役協力の要請があったのだ。それで、寺社方と一緒に踏み込んだのだがな、隠れキリシタンどころか、猫の子一匹いやしなかった。とんだ無駄骨だったってわけだ」

「江戸に隠れキリシタンの巣窟があるとは意外だな」

源之助がいぶかしむと、

「近頃、日本の近海にエゲレスやオロシャの船が出没しているだろう。そうした船の中で安房の湊《みなと》に寄港するエゲレス船があったそうだ。そのエゲレス船は大量の抜け荷品を積んでいて、船長が熱心なキリシタンであることから安房の隠れキリシタンに抜け荷品を流した。で、安房の隠れキリシタンは抜け荷品を売り捌《さば》こうと江戸に拠点を築いたんだってさ」

「そりゃ、大胆不敵な者どもよな。まさしく、南町きっての暴れん坊が摘発するにふさわしい一件ではないか」

「だから、鼻息荒く乗り込んだんだ。それだけにな」

矢作は頭を抱えた。

「そういうこともある。何も一発勝負ではないぞ。地道に探索を続ければいいじゃないか」

宥《なだ》めるように源之助が言葉をかけると、

「そりゃ、そうだがな。今回の捕物出役を要請されたのは水野さまだぞ。親父殿も知っての通り、幕閣きっての切れ者と評判のお方だ。その方にしては手抜かりではないか。隠密の報告を鵜《う》呑《の》みにして……。せめて、捕物出役をする前に南町で裏を取るよう要請してくだされればよかったのだ」

矢作は茶を飲んだ。すっかり冷めていたとみえ、咽喉仏を鳴らし、一息に飲み干してしまった。

「そういえば、北町にも水野さまから捕物出役の要請があったぞ。源太郎と新之助が捕方を率いて根津の妙寛寺に向かった」

「寺というと、賭場か」

「そうだ。大規模な賭場が開帳されていると水野さまの隠密が探り出したのだそうだ」

源之助が答えたところで、

「父上、夜分、失礼致します」

当の源太郎がやって来た。

「馬鹿に早いな」

源之助がいぶかしむと、矢作も首を捻る。

居間に入って来た源太郎は顔を曇らせ、

「賭場の摘発、できませんでした。賭場など開帳されていなかったのです」

疲れたとばかりにどすんと腰を下ろした。

「おまえもか」

素《す》っ頓狂《とんきょう》な声を上げた矢作を源太郎が見返すと、源之助は矢作が水野の要請で隠れキリシタン摘発に向かったところ、不発に終わったことを話した。

「水野さま、優秀な隠密を使っておられるもんだぜ」

呆れたように矢作は鼻で笑った。

確かに水野らしからぬ失態である。

「おい、めったなことを申すな。水野さまとて、神や仏じゃない。時に間違うこともあろう」

源之助が咎《とが》めると、

「それは、そうだよな。おれだって、このところ、御用がうまくいっていないんだ」

焦りを募らせたようで矢作は舌打ちをした。

「何か引っかかっておる事件でもあるのか」

源之助が問いかけると、

「表沙汰にはしておらんのだがな、夜鷹《よたか》が斬られておるのだ」

矢作は眉間に皺《しわ》を刻んだ。

詳しいことを話すよう源之助は目で促す。

「夜鷹が七人、斬られた。いずれも、不忍池《しのばずのいけ》の畔《ほとり》から根津《ねづ》にかけて、もちろん夜更けにな。最初は弥生《やよい》の一日、それから五日、十日、二十日に殺され、卯月になってしばらくなりを潜めたと思ったら、五日、六日、七日に立て続けに夜鷹ばかりが斬られた」

「同じ下手人の仕業か」

「そう睨んでいる」

「太刀筋が同じだからか」

「いや、そうじゃない。袈裟懸《けさが》けで斬られた者もいれば、咽喉や胸を突かれた者、背中を斬られた者もいた。斬られ方は様々だが、どの亡骸にもな……」

ここで矢作は口を閉ざし、声を潜《ひそ》めた。額には玉のような汗を滴《したた》らせているが、血の気が失せている。そんな矢作に源之助も源太郎も目を凝らした。

矢作はおもむろに口を開き、

「どの亡骸も両の目の玉が抉《えぐ》られていたのだ。だから、おれは密かに目潰《つぶ》し魔と呼んでいる」

「ひどい」

源太郎が絶句した。

卯月の七日以降、凶行は止んでいるそうだ。

「下手人の見当はつかぬのか」

「根津、上野《うえの》界隈の武家屋敷の何《いず》れかに住まう者と睨んでいるんだ」

「ということは、大名家の家臣か、ひょっとして旗本ということか」

源之助が言うと、

「浪人ということは考えられないのですか」

源太郎が口を挟んだ。

「浪人という線はない。巾着《きんちゃく》が奪われておらんし、あれだけ捜したんだ、浪人なら捕まっていたはずだ」

卯月になってから南町奉行所では夜回りを行うようになった。犯行には間に合わなかったが、夜鷹が斬られてから周囲を徹底して探索した。町家や寺にも断りを入れて探索にあたったのだが、闇に紛れて逃れたのか、下手人は見つからなかった。

「だから、武家屋敷に逃げ込まれたとしか考えられない」

矢作は腕組みをした。

町方が武家屋敷に立ち入ることはできない。

「御奉行から、周囲の武家屋敷に事情を話して、探索させてもらうわけにはいかぬのか」

源之助が言うと、矢作は渋面を作り、

「与力さまに申し上げたのだがな、斬られたのは夜鷹、そこまですることはないと却下された。それに、卯月七日以降、被害は出ておらんからな。殺しの惨《むご》たらしさに加えて下手人が武家屋敷にいるかもしれんとあって、南町は表沙汰にはしておらんのだ。

でもな、いずれそのうち、下手人は殺しをまたぞろ始めると思うぞ」

源之助はうなずき、

「何故、下手人は夜鷹を斬ると思う」

「刀の試し斬りということも考えられるが、それだけじゃないな。よほど夜鷹に恨みがあるのか。よくわからんが、両目を潰すなど、まともな人間のやることじゃない。血に飢えた悪鬼のような奴だ」

怒りを滲ませ、矢作は拳で畳を叩いた。次いで、

「必ず捕まえてやる。夜鷹だって人なんだ。むざむざと殺されていいはずはない。たとえ、相手が直参旗本だろうと、いや、大名だろうと罪を償わせてやる」

双眸に強い決意を漲《みなぎ》らせた。

五

翌三日の昼下がり、源之助は河合右京介の屋敷へと出向いた。

根津にある屋敷は五千坪の広大なもので、大番役を退いたとはいえ、大身旗本の風格を備えている。河合の屋敷の裏門は解放されており、町人でも自由に出入りするこ

とができた。

源之助も門番に咎《とが》められることなく屋敷内に入ることが許された。

屋敷を入って右手に進むと講堂のような建物があった。瓦は新しく葺かれているが、壁や柱は古びている。新築ではないようだ。回廊に囲まれた建物は蔀戸《しとみど》が開けられており、中を見通すことができる。大勢の町人が熱心に講義に聞き入っていた。各々の町人たちの前には寺子屋にある天神机が置かれ、みな神妙な面持ちである。

庭には百日紅《さるすべり》が紅い花を咲き散らせている。炎天下、風にそよぐ百日紅は安らぎを与えてくれ、屋敷の主人河合右京介の人柄を思わせた。

ふと、庭を見回すと隅《すみ》に御堂のような建物がある。観音扉が閉じられ、連子窓《れんじまど》の格子の隙間から木彫りの仏像が安置されているのがわかった。

してみると持仏堂のようだ。

源之助は階《きざはし》を上り、回廊で鉛の薄板を仕込んだ雪駄を脱いだ。回廊には教えを受けている者たちの履物がきれいに並べてあった。

奥で正座をし、みなに話しかけているのが河合のようだ。白地木綿《しろじもめん》の単衣《ひとえ》に草色の袴を穿き、大きくはないがよく通る明瞭な声音だ。面長の面差しに涼やかな目、穏やかに微笑《ほほえ》む河合は名門旗本というより、寺子屋の師匠のようである。講義の内容は草野が言っていたように日本の歴史であった。神武東遷《じんむとうせん》について語られている。

講義が一段落をして、各々、自習となった。河合はゆっくりと講堂の中を見回り、やがて源之助と目が合った。源之助は軽く頭を下げる。

それから、

「北町の同心、蔵間源之助と申します」

と、丁寧に挨拶をした。

「河合です。蔵間さん、見回りですか」

「いいえ、町方の身で河合さまの御屋敷を見回るつもりはございませぬ。星雲館の評判を耳にしまして、ふと、学問をしたいと思い立ちました」

「そうですか。どうして学問をなさりたいとお思いになられたのですか」

大身の旗本にもかかわらず河合は穏やかにそして丁寧な言葉遣いで問うてきた。好感を抱ける。星雲館が評判を呼んでいるのは、無償だということに加え、武士だと威張らない河合の温厚な人柄が大きいのではないだろうか。

「歳を重ね、己がいかに学問をしてこなかったかを痛感しまして、星雲館を覗いてみたくなったのです。いささか、遅過ぎるでしょうか」

河合はにこにこと微笑み、

「学問を始めるのに、歳は関係ありません。学問をしたくなった時に始めればよろしい。そして、学問に終わりというものはない。しいて終わりは何時《いっ》だと問われれば、死ですな。つまり、死ぬまで学ぶことはあるものです」

「なるほど、河合さまは常に学問をなさっておられるのですか」

「こうして、他人に学問を教えることも、わたしには学びであるのです」

河合は言った。

「まこと、心に沁みる言葉でございます」

源之助が返したところで、

「貴殿、町方の同心殿ですな」

声をかけてきたのは浪人風の男である。案の定、

「房州浪人蒲田《かまた》鉄太郎《てつたろう》と申す」

と、男は名乗った。

背はさほど高くはないが、浅黒く日焼けをしたがっしりとした身体だ。浪人にありがちな垢《あか》じみた着物ではなく、紺地の粗末な木綿ながら糊《のり》付けされ、袴の襞はくっきりとしていた。月代《さかやき》は伸びているが髭《ひげ》はきれいに剃っている。歳の頃は四十歳くらい、細い目に鷲鼻、薄い唇が酷薄そうだ。

源之助も改めて名乗って挨拶をすると、

「同心殿に訊きたい」

蒲田は挑むような目で語りかけてきた。河合は黙って見つめている。

「なんでござろう」

不快な思いがしたが、それを表に出さないように我慢した。

「異国船が近海を侵しておる。いずれ、江戸湾にも侵入するかもしれぬ。その際、異国船にいかに対処すべきとお考えか」

蒲田は鋭い眼光となり鷲鼻が小さく動いた。

「はて……」

思いもかけない問いかけに答えることができない。

「町方の同心として、江戸の治安をいかに守るつもりであるか」

蒲田は問いを重ねてきた。

「異国から……。で、ござるか」

「そうだ。エゲレスやオロシャからいかに守るか」

蒲田は詰め寄ってきた。

そんなこと考えてみたことはない。もし、異国が攻めてくれば町奉行所だけでは到底防げるものではなく、幕府や諸大名が一丸《いちがん》となって当たらねばならない。

そういえば、矢作が言っていた。

安房の湊に寄港したイギリス船から隠れキリシタンに抜け荷品が渡ったと。今は抜け荷程度だが将来は戦《いくさ》にまで発展するのかもしれない。

黙っていると、

「これだから、困る。江戸の治安を守る町奉行所の同心に危機感というものがない。困ったものだな。そんなことでは易々と、異国に江戸の地は踏みにじられるぞ」

蒲田の横柄《おうへい》さには腹が立つが、

「では、蒲田殿、いかにお考えかな」

辞を低くして源之助が問いかけると、

「これだ」

蒲田は絵図面を広げた。

そこには江戸湾が描かれている。そして、所々に×印があった。

「ここに砲台を築く」

蒲田が言ったのは石川島《いしかわじま》と佃島《つくだじま》であった。

「砲台を築き、江戸湾に入ってきた異国船を砲撃して追い散らすのだ」

蒲田は興奮している。

「なるほど」

感じ入ったように答えたが、石川島には人足寄場が、佃島には漁師たちが住んでいる。砲台など容易に築けるものではない。

ふと、河合に向くと、

「蒲田さん、そうしたお考えもあろうかと存じますが、それ以前に異国と話し合うということも考えに入れるのがよろしいと存じます」

言葉通りの河合は柔らかな物言いをした。

「それもそうですな」

蒲田は頭を掻いた。

「異国の者と話をするには、異国の言葉と文物を学ばねばなりません」

諭《さと》すように河合は蘭学《らんがく》の重要性を語った。

「おっしゃる通り」

師の教えを蒲田は素直に受け入れた。

「学問は尽きません」

河合は門人たちを見回した。

蒲田は表情を和らげ、

「和戦、両方の備えが必要ということですな」

河合に賛同し、源之助には一礼した。

「その通りです」

河合はうなずく。

蒲田は満足そうだ。

この浪人者、佃島や石川島に砲台を設けるなどと物騒なことを言い立てて、何が望みなのだろう。まさか、幕閣の耳に届き、それで仕官への道が開かれるとでも思っているのだろうか。

すると蒲田が源之助を向き、

「蔵間殿、そなた、まさかとは思うが、河合先生を探りにまいったのではなかろうな」

と、探りを入れてきた。

やり取りを耳にした門人たちの視線が集まる。

「そんなことはござらん」

言下《げんか》に否定すると、

「急に学問に目覚めたと申されるか」

尚も疑わしそうに源之助を見る。

「河合さまも申されたが、学問に歳は関係ない」

源之助の言葉に、

「その通りです」

河合は味方になってくれた。

「ならばよいが、昨今、星雲館にすました顔で出入りし、その実、河合さまの身辺を嗅ぎ回り、あらさがしをしておる者がおるのでな」

ねちっこく蒲田は源之助に絡《から》む。

徒目付、大峰九郎兵衛と坂東与三郎のことを言っているのだろうか。とすると、二人とも徒目付で河合の身辺探索を行っていると蒲田に気付かれていたということだ。

「それはけしからぬ者どもですな」

源之助は見返した。

「貴殿もそうした一人ではござらぬか」

蒲田は執拗だ。

「それは言いがかりと申すものでござる」

わざと怒りを滲ませ否定するのだが、門人の目を気にしてか蒲田は、

「しかと相違ござらんな」

「ござらん」

源之助が答えたところで、

「まあ、蒲田さん、そのあたりで」

河合が間に入った。

「しかし」

抗議の目を蒲田が向けたところで、

「わたしの学問所は広く誰にでも門戸を開いておるのです」

「お言葉ですが、河合さま、間者《かんじゃ》に対しても門戸を広げることはないと存じます」

蒲田の反論に、

「いいえ、わたしは、誰にも門戸を開きます。たとえ、わたしを探る者、わたしを殺そうとする者でもわたしは受け入れるつもりです」

あくまで悠然と答える河合に門人たちは感嘆の声を上げた。

それでも一人蒲田だけは、

「いや、それはちと危険でござりますぞ。星雲館を潰そうという邪《よこしま》な考えを抱く者

に好き勝手をさせていいものではござらん」

　必死で抗弁した。

　まるで、蒲田が河合の星雲館の守護神のような気概すら感じさせる。

　ひょっとして、徒目付の坂東与三郎と大峰九郎兵衛を死に追い詰めたのはこの男ではないのか。断ずることは早計であるが、極めて疑いを抱かせるものがある。

「まあ、蒲田さん、そう刺々《とげとげ》しくならないでください。とにかくわたしは間者やあるいは刺客《しかく》であろうと気にはしません。わたしはあくまで学問の徒としてみなを受け入れるつもりです」

　河合は宥める。

　眦《まなじり》を決しながら、

「わかりました。わたしは力の及ぶ限り、河合さまをお守り致します」

　蒲田は言った。

「あまり、無理をなさらず」

　河合は微笑んだ。

　講義が再開された。

蒲田はこれまでのぎすぎすした態度とは一変し、一人の学徒として講義に臨んでいた。源之助も講義を聞いたが、気持ちも視線も蒲田に向いてしまった。

夕暮れ近くとなり、講義が終わった。

蒲田は帰って行く。源之助は蒲田の後を追う。

道を急ぐでもなく夕風に吹かれながら蒲田は悠々と進んだ。

根岸権現の裏手に至り、朗々とした声音で詩吟《しぎん》を吟じ始めた。町屋が途切れ、寂しい光景となった。左手に雑木林が続き、右手に寺がある。

詩吟を吟じたま蒲田は寺の山門を潜った。

妙寛寺、賭場が開帳されているという疑いで捕方が踏み込んだが、摘発できなかったという寺だ。

山門を潜ったところで蒲田は振り返った。

身を隠そうとしたが既に遅かった。

目と目が合った。

蒲田の口元が曲がり、同時に右手が刀の柄《つか》に掛かった。

と、次の瞬間には大刀を抜き放ち、往来に進み出て来た。

「抜け!」

言うや、蒲田は斬り込んで来た。

源之助も抜刀し、一歩下がった。

そこへ、蒲田が猛然たる斬撃を加えてきた。源之助はがっしと受け止める。すると蒲田は飛び退き、八双《はっそう》に構え直した。

鷲鼻が微妙に震える。

それからしばらく睨むと、さっと間合いを詰めてきて、今度は下段からすり上げた。

源之助は上段から斬り払う。

刃と刃がぶつかり合い、火花が散った。

源之助の胸が熱くなり、全身の血が燃え盛る。

蒲田も口元に笑みを浮かべ、手合わせを楽しんでいるようだ。

どちらからともなく間合いを詰め、刃を交わした。

吹く風は生暖かく、闘争で湧き立つ血潮と相まって、汗が流れる。

二人は鍔競《つばぜ》り合《あ》いを繰り広げた。

押しては引き、引いては押す。お互い譲らず源之助と蒲田の額から汗が滴り落ちたところで、

「これまでだ」

さっと、蒲田は飛び退き、刀を鞘に戻した。

源之助も納刀する。

六

「やはり、河合の御前を探っておるのか」

蒲田が問うてきた。

「わたしは北町の同心、両御組姓名掛という閑職にある身だ。大身の旗本を探る役目など与えられるはずはない」

源之助は落ち着いて返す。

「惚《とぼ》けるな」

「ならば問う。先だって、星雲館に顔を出したこともある坂東与三郎と大峰九郎兵衛という二人が死んだ。二人とも河合さまを探る役目を担っておった。二人の死について、蒲田殿が関わっているのではないか」

「ああ、あの者たちか。いかにも、あの者たちは河合さまを探っておったな。だが、わしは手を下しておらぬ」

「信じてよいのか」

鋭く睨み返すと蒲田は問いかけには答えず、

「蔵間殿、わしの邪魔をするな」

と、意味不明の言葉を返した。

「邪魔だと……。どういうことだ」

「わしは河合右京介の悪事を暴くつもりだ」

今度は意外なことを蒲田は言い出した。

「蒲田殿は……。蒲田殿は何者でござる」

源之助が口をあんぐりとさせると、

「わしは隠密だ。河合右京介の素顔を暴くために潜入しておる。房州浪人を騙《かた》るのは、河合家の知行地が安房に所在するため、親近感を抱かせようというわけだ。それに、この寺の庵《いおり》に住まいするのも新任の住職妙全殿が安房出身ということでな、安房の縁を河合に印象付けるためだ」

蒲田は胸を張った。

「どなたさまの命《めい》を受けておられる」

「それは申せぬ」

「怪しいものだな。口から出任せを申し、わたしを欺《あざむ》くつもりではないか」

源之助が疑念を示すと、

「八丁堀同心は疑り深いな」

蒲田はにんまりとした。

「ああ、疑り深いさ。おかげで、今日まで命を保ってきた」

表情を引き締め、いかつい顔を強張《こわば》らせた。

「なるほどな」

「どなたさまの命令を受けておるのだ。水野左近将監さまか」

源之助は踏み込んだ。

「どうして水野さまと思う」

「この寺、水野さまの命令で北町と寺社方が賭場を摘発しようとした。ところが、摘発は不発に終わった。ということはそこに、なんらかの作意があるのではないか」

源之助は言った。

「それはどうであろうな。勝手にそなたが想像すればいい。とにかく、わしは河合右京介の悪事を暴く。どうだ、手を組まぬか」

蒲田の申し出に、

「手を組むとはどういうことだ」

「まあ、わしに任せろ。そなたは星雲館に通っているだけでよいのだ。よいな」

まるで上役のような調子である。

「どうして、そなたの指図を受けねばならない」

「それが河合の罪を暴き立てるに、一番適切な方法であるからだ。わしは何も威張りたいわけではない」

「信用できぬ相手とは手を組むことなどできぬ」

源之助はきっぱりと否定した。

「そうか、勝手にしろ」

蒲田は薄笑いを浮かべた。

「蒲田殿は、これからどうするつもりだ」

「河合の懐深くに潜り込み、素顔を見せるのを待つ」

「あれが素顔とは思わぬか」

「まさか、そんなことはあるまい」

蒲田は小馬鹿にしたように鼻で笑った。

「そうかな、案外とわたしはあれが河合右京介の素顔と思うぞ」

「根拠は」

「八丁堀同心の勘だ」

源之助は踵《きびす》を返し、足早に立ち去った。

第二章　目潰《つぶ》し魔

一

得体の知れない蒲田鉄太郎という男の素性を知りたくなり、明くる四日の朝、浜《はま》町《ちょう》にある遠江《とおとうみの》国《くに》浜松藩《はままつはん》水野家の上屋敷を訪ねた。当主水野忠邦は御殿玄関近くにある使者の間で会ってくれた。

装飾の類《たぐい》が一切ない簡素な八畳間は質素倹約を旨とする主人水野忠邦の人柄を伝えているようだ。

やって来た水野は座敷同様地味な黒地の小袖の着流しというくつろいだ格好であるが、怜悧《れいり》そうな面差しは相変わらずであった。

「相も変わらず壮健そうであるな。腕利き同心は暑気あたりなど無縁であろう」

言っている水野本人も肌艶がよく、暑さをものともしないきびきびとした所作で座した。

「気を張っておるが、正直なところ妙寛寺の賭場摘発の失敗が堪《こた》えておる。実のところ、賭場の摘発ばかりか……」

と、ここまで語ったところで、

「隠れキリシタン摘発も失敗であったとか」

源之助は口を挟んだ。

「もう、耳に入ったか」

水野は苦笑を漏らした。

「ご多忙の様子で」

「今回のしくじり、そなたは笑っておろうな」

悔しさを隠そうとせず水野は吐き捨てた。

型通りのねぎらいの言葉をかけるのは憚《はばか》られる。迂闊《うかつ》な慰《なぐさ》めはかえって相手を傷つけ、怒りを呼び起こすだけである。しかも水野忠邦は挫折を知らない優秀な男であるからだ。

言葉を発しない源之助をしばらく見てから水野は軽くため息を吐《つ》き、

はあるまい」

「今日の用向きはなんじゃ。まさか、二つもしくじったわしをからかいに来たわけで
　源之助は頭を下げてから、

「水野さま、直参旗本河合右京介さまを御存じでいらっしゃいますな」

「むろんだ」

　水野の表情は変わらない。河合への不快感も嫌悪も感じられない。

「河合さまの身辺を探らせてはおられませぬか」

「探らせてなどおらんぞ」

　水野は首を横に振った。

「これは失礼致しました。内偵させておるなど、漏《も》らせるものではございませんな」

　源之助が詫びると、

「いや、まこと、心当たりはない」

　極めて明瞭な口調で水野は河合探索を否定した。

「まことでございますか」

　思わず、そう問いかけてしまった。

「まことじゃ。それより、河合がどうかしたのか」

苛立《いらだ》ちを含んだ水野に首を傾《かし》げられ、源之助は頭の中で整理をし直した。そして河合を探ることになった経緯を、大峰九郎兵衛から声をかけられた始めから、かいつまんで説明し、

「改めて目付草野兵部さまのご依頼で星雲館を覗きましたところ、蒲田鉄太郎という怪しげな男に出会ったのでございます」

「怪しい男とは」

「隠密を自称しております。河合家の知行地の安房出身であると騙《かた》り、河合さまの懐《ふところ》に飛び込んで内実を探っておると申しました。わたしは、水野さまの密命を帯びているのではと勘繰った次第でございます」

「それで、わしを訪ねてまいったのだな」

「いかにも」

「あいにくだが、わしはその男を知らぬ。それにな、河合右京介を探ろうとは思ってもおらなんだ。第一、寺社奉行のわしが旗本を探るのは差配違いじゃ」

「おおせの通りでございますが、蒲田鉄太郎という男、水野さまが摘発なさろうとしました、妙寛寺の庵《いおり》に住んでおります」

「ほう、妙寛寺にな」

ここに至って水野は興味を示した。

「蒲田の狙いが、河合右京介さまの罪を暴くことではないとしましたら、その意図が読めません。純粋に学問を学びに来ているとは思えませぬゆえ」

「河合のことは耳にする。貧しき町人にも学問を授けておるとか。御公儀からは再三にわたって大番に復帰せよと申しておるのであるがな、まったく応じようとはせぬ。変わり者とは思っておったが、わしは河合が御公儀に対して悪意、叛意を抱いているなどとは疑っておらぬぞ」

水野はあくまで冷静である。

「もしかして、妙寛寺の賭場摘発が妙寛寺に漏れたのは蒲田によってかと思いました。そして、蒲田の背後には河合さまが控えておられるのかと。それは、わたしの勘繰りに過ぎないようですな」

源之助が言うと、

「そなたも随分と混乱しておるな。考えてもみよ。もし、蒲田とやらがわしの密命を帯びる隠密であるなら、わしは自分の隠密によって妙寛寺摘発を妨害されたことになるのだぞ、蔵間源之助よ」

水野に笑われ、

「おかしいとは思いましたが、それこそが水野さまの深謀かと思ったのです。河合右京介さまの正体を暴き立てるための」

言い訳めいた源之助を水野は鼻で笑い、

「煮詰まったようじゃな。ま、それはよいとして、房州浪人を騙る蒲田鉄太郎という男、まこと隠密であろうとそなたが疑うわけを聞かせよ」

「目付の草野さまも二人の徒目付に河合さまを探らせ、徒目付は二人共に河合右京介さまを恐れ、死に至ったのでござります。もっとも、大峰九郎兵衛殿の自害に関しましては殺されたのではと疑っておりますが、そんな河合さまであれば、草野さま以外にも河合さまを探る者がおってもおかしくはないと思いました」

「それが事実とすれば河合右京介を放ってはおけぬが、目下《もっか》のところ、そなたの目からしても不審な点は見当たらないのであるな」

「見当たりません。まこと、河合さまは善意の塊《かたまり》のようなお方でございます。それなのに、何故、亡くなられたお二人の徒目付は恐れたのか。不気味ではありません」

「北町の鬼同心が不気味に感じるとはのう。河合右京介、わしもいささか興味を抱いたぞ」

「ならば、水野さまも隠密を派遣されますか」

「いや、わしがわざわざ放たなくともよい。そなたに改めて影御用として河合右京介を探ることを頼む」

言ってから水野は自嘲気味な笑みを顔に貼り付かせ、

「隠密ども、頼りにならぬわ。わが手の者ではなく、そなたに頼む」

おそらく失態とは無縁であっただろう水野は、悔しさで胸が焦《こ》がされているに違いない。

目付に加えて寺社奉行からも影御用というわけだ。

「承知致しました」

源之助は両手をついた。

「実を申せば、賭場と隠れキリシタンのニセ情報をもたらしたのは寺社方の隠密ではない」

水野の端整な面差しが歪んだ。

「すると……。まさか、公儀御庭番《こうぎおにわばん》ですか」

源之助は思いつきを口に出してしまった。水野は首を左右に振り、

「目付草野兵部の手の者だ」

「草野さまの……。では、大峰殿か坂東殿……。お二方とすれば、河合さま探索の過

程で得た情報でございましょうか」

「河合探索と関係があるのかどうかわからぬが、草野がもたらした情報であった。わしが、寺社の取り締まりを強化していることを考慮し、草野なりに役立ちたいと思ったのだろう」

「隠れキリシタンを摘発されるということは、寺社の取り締まりに加えて宗門改めも強化なさっておられるのですか」

「隠れキリシタンの取り締まりもそうじゃが、狙いは隠れキリシタンによる抜け荷の摘発じゃ。隠れキリシタンの中には抜け荷の利を得るためにキリスト教に入信する者もおると草野は申しておった。実際、安房の隠れキリシタンなどは抜け荷品を得るために入信した者が多いとか」

「草野さま、大層な張り切りようでございますな」

「草野はな、長崎《ながさき》奉行を望んでおる」

水野はにやりとした。

長崎奉行は遠国《おんごく》奉行の中では利得のある役職として知られている。外国との交易の窓口を治めるとあって抜け荷や隠れキリシタンの摘発は重要な役目だ。

「草野は江戸で隠れキリシタン摘発の実績を挙げ、尚且《なおか》つわしに恩を売って長崎奉行昇進を果たしたいのだ」

　草野の野心を水野は批判する気はないようだ。自分も老中への野望を抱いているからであろう。出世欲を持って役目に邁進する者を不快がるどころか評価しているのかもしれない。草野兵部、出世欲に駆られる余り、勇み足となったようだ。

　ふと、

「大峰殿と坂東殿、賭場と隠れキリシタンの探索失敗の責任を取ったのではないでしょうか。草野さまを庇って河合さま探索が死の原因だとしたのでは」

「そなたの憶測に過ぎぬな。まずは、河合探索を行え」

　あくまで冷静に水野は命じた。

「承知しました」

　改めて一礼をした。

「それにしても、何か手立てを講じなければならぬであろう」

　二件の捕物失敗で水野は用心深くなっている。

「手立てと申されますと」

「ただ、河合の学問所に通ったところで仕方あるまい。それどころか、河合の懐に取り込まれてしまうぞ」

「決して取り込まれるようなことはございません」

「そなたを信じないということではない。そなたですらも、知らず知らずのうちに河合の人柄に心を寄せているではないか」

　水野に指摘され、

「いや、まこと、河合さまは……」

　慌てて口ごもってしまった。

「よって、河合の本音を素早く明らかにすることを算段しなければならぬ」

　水野は知恵を絞るように天井を見上げた。

　しばし、思案の後、

「河合を招くか」

　と、言った。

「どういう名目で招かれるのでございますか」

「なに、蘭学の講義でもしてくれと頼む」

「河合さまの講義を受けられて、なんとされますか」

「じっくりと膝を交えて話をする。学問のことばかりか、政《まつりごと》についてもな」

　寺社奉行の役目ではないと言っていたが、いざ河合右京介探索を源之助に頼むと、俄然、やる気を起こしたようだ。そうなると、言葉とは裏腹に源之助に全てを任せることはできないようだ。源之助の腕を信用していないのでも、二件の捕物出役失敗が堪えているのでもなく、水野忠邦という切れ者の性分のようだ。

正直、いささか辟易《へきえき》として源之助は黙り込んだ。

「どうした、不満か」

「河合さま、本音を申されるとは思えません」

源之助は言った。

「わしでは頼りないか」

苦笑を漏らし水野は言った。

「そうではなく、河合さまはどなたさまであろうと、普段通りに接せられるだけでございます」

源之助の言葉にうなずき、

「それが面白いではないか。わしの手並みをとくと見ておれ」

水野は自信を示した。

「承知しました」

源之助はうなずいた。

するとそこへ家臣がやって来て、水野に耳打ちをした。水野は一瞬、驚きの表情を浮かべたが、じきに満足そうにうなずき、

「よかろうと返事を致せ」

と、返答した。

「いかがされましたか」

源之助が問いかけると、

「招くまでもなかった。河合右京介がわしに会いたいとやって来たそうじゃ」

心なしか水野の声は弾《はず》んでいる。

沈着冷静な水野といえど、予想以上に事がうまく運びそうになり、平静ではいられないようだ。

源之助も同様で、

「僥倖《ぎょうこう》ですな」

「今、表門まで来ているそうだ。客間に通す。そなたも同席……とはいかぬな。わが屋敷に町方の同心がおるのは不自然じゃ。それに、そなたは河合と言葉を交わしたばかりであるしな」

「では、庭先から様子を窺いたいと存じます」

「よかろう。好きに致せ」

水野は了承してくれた。まことに、河合右京介は都合よく水野を訪問してくれた。まさかとは思うが、河合は水野を抱き込もうというのであろうか。

ともかく、河合と水野の面談を見聞きできることは影御用には大いに役立つし、水野が河合とどんなやり取りをするのかも大いに興味のあるところだ。河合の本音を水野であれば引き出せるかもしれない。

「ならば、まいるぞ」

水野の声は心なしか浮き立っている。

「よろしくお願い致します」

源之助は頭を下げた。

やがて、源之助は客間が臨める庭にある躑躅《つつじ》に身を寄せた。大きく枝を張る赤松がうまい具合に日影を作っていて、ぎらぎらとした日輪から守られた。

ただ、藪蚊《やぶか》はいかんともしがたい。ぶ〜んという嫌な音がなんとも不快で、早速《さっそく》首筋を刺されてしまった。

「やれやれ」

手で蚊を払いながら河合を待ち受けた。

「え〜、定斎《じょうさい》、定斎屋でござい。え〜、定斎、定斎屋でござい」

築地塀《ついじべい》越しに、定斎屋の売り声が聞こえてきた。暑気あたり、食あたりに効く煎《せん》じ薬を売り歩いている。

源之助は痒《かゆ》み止めの薬が欲しくなった。

二

やがて客間に河合右京介がやって来た。水野は鷹揚《おうよう》に迎え、

「よう、まいったな」

と、河合を導き入れた。河合は決して気負うような風ではなく、先日会った時と同様の温和な顔でふわりと座った。その物腰はまるで悟りを開いた僧侶のようである。

「突然の訪問、畏れ入ります」

背筋をぴんと伸ばし、河合は丁寧に頭を下げた。河合の挨拶を水野は受け入れ、

「なんの、そなたのことは耳にしておる。大層、善行を施しておるとか」

「わたしは、自分にできることを行っておるだけでございます」

寺社奉行という幕閣の要職にある水野に対しても謙虚でも、へりくだっているわけでもなく、普段通りの物言いだ。

「それがなかなかに評判を呼んでおるようだ。して、わが屋敷にまいった用向きは」

水野は切れ長の目を向けた。

「何処か手頃な寺にて、わが学問所を開きたいのでございます」

辞を低くして河合は頼んだ。

「寺など借りずとも、そなたは屋敷の中に学問所を建てたそうではないか。確か、星雲館と名付けたそうな」

水野は視線を凝らした。

「わが屋敷ではいささか手狭になりました。それに、寺であれば、これまで以上に町人にとりましても敷居が低くなると存じます」

「なるほどな」

「勝手ながら根津権現裏手に所在します妙寛寺はわが河合家の菩提寺《ぼだいじ》でございます。住職の妙全殿は弥生に着任されたばかりとあって、お忙しいと存じますが、近々、墓参致し改めて挨拶致すつもりでございます。実は弥生二十五日、父が亡くなり、妙寛寺で法要を執り行いました。河合家とは縁深き、お寺でございます」

妙寛寺が河合家の菩提寺とは意外だ。やはり、賭場摘発と河合探索は関わりがあるのか。関わりがあるため、草野は坂東と大峰に探索させていたのか。

ひょっとして、隠れキリシタンも河合と関係が……。

いかん、憶測はやめるべきだ。

水野はというとさすがである。妙寛寺の名が出ても一向に動じることなく、

「そうか、妙寛寺か。なるほど、そなたの屋敷からも近いな」

水野は河合を見返した。

「まさしく、好都合と存じます」

妙寛寺が賭場開帳の疑いがかけられたことを河合は知らないようだ。水野も賭場のことには触れず、

「わしに異存はない」

「ありがとうございます。更なる好都合がございます」

「ほう、なんじゃ」

「星雲館に熱心に通ってくれる、いや、わたしを手伝ってくれる蒲田鉄太郎殿という御仁が境内の庵に住まいしてもおるのです。妙寛寺でも蒲田殿は大いに力になってくれるものと存じます。蒲田殿は河合家の知行地が所在する安房の出ということ、これ

は御仏のお導きかもしれませぬ」

手放しで蒲田を信用する河合に同情してしまう。水野は蒲田の名が出ても素知らぬ風で、

「ならば、わしからも住職の妙全に話を通しておこう」

「かたじけのうございます」

河合は頭を下げた。

「ところで、星雲館にてどんなことを教えるのか」

「天文、地理、算術、蘭学等々、望まれれば様々に講義を致しますが、今のところ、日本の歴史について講義しております」

「一度、わしも受講したいものじゃな」

「いつでも歓迎でございます」

「うむ、では、公務の合間を縫ってまいると致すとして、そなた、何故、そのように熱心に世に学問を広めたいのかな」

さりげない調子で水野は問いかけた。

「学問は何よりの財産となるからでございます」

一瞬の迷いもなく河合は答えた。

「ほう、財産とな。金子や田畑ではなく、学問が財産になると申すか」

興味深そうに水野は半身を乗り出した。

「そうです。学問はその気になれば、身分に関わりなく身に着けることができるのでございます。歳も男女の別もございません」

河合の目はくりくりと輝き、熱弁のため、頬は火照《ほて》っている。

無邪気な童《わらべ》のような純真さだ。

水野は感心したようにうなずく。

次いで、

「して、そなたは何を得ておるのだ」

「わたしも学問でございます。わたしは、学問所で講義を行うことで、誰よりも学問をしておるのでございます」

「それはよくわかるが、それにしても、学問によって蓄えられた知識というものは、世のために役立ててこそではないか。また、世の役に立てたいがために学問を積むのではないか」

水野の考えに、

「おおせの通りでございます」

我が意を得たりとばかりに河合は大きく首肯《しゅこう》した。

「ならば、そなた、御公儀の然るべき役職に就いて学問を生かしたいとは思わぬのか」

「出世、栄達の望みはございません」

「出世や栄達ではない。学問を役立てるにふさわしい立場を得て、そして世の役に立つことを望まぬのか」

水野の口調は熱を帯びた。

対して、

「望みませぬ」

答えた河合に迷いは感じられない。

「世のため、人のために役立とうとは思わぬからか」

「そう受けとめられるのももっともだと存じますが、わたしの本意はそこにはございません。わたしは学問を一人でも多くの者に広めたいのです。それがわたしが世の中に役立つことだと思っております。役職に就けば、様々な公務もございましょう。それに、学問に邪《よこしま》な心が入ってしまいます。それは許されることではありません。あくまで、純真なる心持ちで学問にも塾生にも対さねばなりません。決して、決して、己の栄達、利得に学問を利用してはならないのです」

河合は思いつめたような顔をした。学問を広めることを自分の使命だと強く思っているのであろうが、それに加えて贖罪《しょくざい》の念を感じる。

「なるほどのう、そなたが申すことはよくわかる。だがな、そなた、無償で学問を教えておるとのことであるが、金子《きんす》には不自由をしておらぬのか。いくら、五千石の大身とは申せ、講堂を新築したばかりであろう」

水野は河合が抜け荷に手を染めていると疑っているようだ。隠れキリシタンを通じた抜け荷である。

河合は動ずることなく、

「特に不自由は感じておりません。家来には暇を出しましたし、奉公人はみな通いでございます。安房の知行地は累代に亘《わた》りまして村長《むらおさ》を務める者が年貢の取り立てをやってくれ、一人代官を置いておるだけでございます。妻は離縁し実家に帰しましたので、目下《もっか》、やもめ暮らし。金子の使い道は必要に応じての屋敷の手入れと、書籍ばかりでございます。それに、折りに触れ、商人や百姓が青物や米を持って来てもくれます。暮らしに不自由はしておりません」

「まこと、仙人のような暮らしぶりではないか」

「それは水野さまの買い被りでございます。わたしは俗まみれな男でございます」

「世の中にはな、厄介な者がおる。善行ばかり積んでおっても、素直に善行だと受け取らず、下心《したごころ》があると勘繰る輩がおるものぞ」

「もし、わたしに下心ありと疑う者がおるとすれば、わたしの不徳の致すところと存じます」

どこまでも謙虚な河合の答弁に水野は苛立ちを募らせたようだ。幾分か声が大きくなり、

「しかし、世の中と関わりを持たぬままに生きることはできぬぞ。そなたは学問を通じて世の中に関わりをもっていると考えておるかもしれぬが、学問はあくまで机上のものである。生かしてこそ、世の為になるものじゃ」

「それはわかっておりますが、学問を広めることがわたしの生き方でございます」

「そなたの生き方を間違っておるとは申さぬ。ただ、そなたの善意を利用する輩も出てまいろう。それをわしは心配しておるのだ」

わかるかとでもいうように、水野は言葉を止めた。

「御忠告、痛み入ります」

河合は静かに頭を下げた。

「それでは、妙寛寺のことは確かに請け負った」

水野は話を打ち切るように告げた。

「重ねてお礼を申し上げます」

河合は頭を下げると軽やかな足取りで出て行った。水野はそれを見送り、河合の姿が見えなくなったところで、

「蔵間」

と、庭に声をかけた。

躑躅の陰に蹲《うずくま》っていた源之助は立ち上がった。強い日差しが降り注ぎ、思わず右手で手庇《てびさし》を作る。水野は縁側に出て来て、手招きをした。沓脱石《くつぬぎいし》まで歩き、源之助は片膝をつく。

「いかに思った」

水野から問われ、

「相変わらずまるで霞《かすみ》を食べて生きておられるようなと申しましょうか、それとも、浮世離れしておられるとでも申しましょうか」

源之助が答えると、

「まったくじゃな」

水野も判断に困るようであった。

「あれが河合右京介さまの真実の姿でございます」

「そのようじゃのう」

「では、探っても無駄ということでございますな」

「無駄かもしれぬな」

水野も苦笑を浮かべた。幕閣一の切れ者も河合相手では調子が外《はず》れてしまったようだ。

「しかし、なんとなく違和感がしました」

源之助は言った。

「何か邪なことが窺えたのか」

水野は期待の籠った目を向けてきた。

「わたしの思い違いかもしれませんが、河合さまは世の中に出てはならないと自分に言い聞かせているかのようでございました」

「それは、己は出世、栄達のために学問をやっておるのではないという考えに基づいてのことなのではないか」

「そうかもしれませんが、それが頑《かたく》なような気がしてなりません。世の中と関わりを持つことは罪だとでもいうような気がしたのでございます」

「すると、どういうことじゃ」

「それがよくわからないのです」

「八丁堀同心としての勘が疼《うず》いたということか」

「では、これにて」

源之助は水野屋敷を後にした。

裏門を出ると、定斎売りがいた。定斎を求めて周囲の大名屋敷から出て来た侍たちに囲まれている。定斎売りは二人一組である。荷箱を担ぐ者と、先に立って売り声を上げて客を寄せる者である。二人とも炎天下にもかかわらず笠を被っていない。定斎を飲んでいるから平気だと身体を張って売り込んでいるのだ。

彼らの姿を見ると、改めて鉛板入りの雪駄《せった》を履き続ける決意を源之助は胸に秘め、軽やかな足取りで通り過ぎた。

三

一方、蒲田鉄太郎は星雲館にやって来る者たちを相手に、

「我ら、河合さまの恩に報いるにはいかにすればよい」

と、議論をふっかけている。

みな蒲田の勢いに気圧《けお》され、言葉を発せられない。

「なんだ、その方らは何も考えておらんのか」

声を高めて蒲田は非難した。

みな怖気《おじけ》づいて目を合わせようとはしない。

「無償で学問を教わっておるのだろう」

呆れたように蒲田は言った。

「どうすればいいのでしょう」

とか、

「わしらのような者でも、御前さまのお役に立てるでしょうか」

「蒲田さま、どうすればいいですか」

などと、すがるような目で蒲田を見る者もいる。

蒲田はうなずくと、

「御前さまは申されないが、お心を推し量るに、我らに学問を教えてくださる意図は我らが世のため、人のために役立つ人になってもらいたいからだ」

固唾《かたず》を呑んでみなが聞き入った。

「かく申すわしは、このように尾羽《おは》打ち枯らした浪々の身にある。一時はこの世に生きる値打ちを見出すことができず、死を覚悟した。それがこうして生き生きとした毎日を送っておる。そこで、わしが思うことは、少しでもいいから御政道を糾《ただ》すことだ」

厳然と蒲田は言い放った。

「それはどういうことですか」

「おっかねえことをなさろうっていうんじゃないですか」

などと怯えている。

「心配致すな。おまえたちや御前さまが迷惑をするようなことはせぬ」

蒲田は諭すようだ。

「どういうことですか」

「読売だ。わしは、読売に御政道を糾す文を書きつける」

蒲田の言葉をみな黙って聞き入った。

「みなの意見も書き加えるつもりだ。みなも、これからは御政道について、どしどし意見を聞かせてくれ」

「ご政道についてなんて、難しいな」

一人が言うと、

「そんなことできっこねえ。お咎めがありまさあ」

他の者たちも腰が引けている。

「そんなことはない。御前さまのお陰で読み書きができ、この世の仕組みもわかったのであろう」

これまでとは一転して蒲田は優しげに語りかけた。それでもおどおどとして黙り込んだ者たちに、

「なあ、やってみようではないか。我らの声をお上《かみ》に届けようではないか」

蒲田が語り掛けると、

「やるか」

「やってみるか」

やる気を出す者がちらほらと現れた。

すると、そこに、

「みなさん、頑張っておられますかな」

河合がやって来た。

「お帰りなさいませ」

蒲田が挨拶をした。

「只今、戻りました」

河合は柔らかな物腰で座った。塾生が皿に西瓜《すいか》を載せてもって来た。

「まあ、みなさん、召し上がってください」

河合はみなに西瓜を勧めた。

「頂きます」

蒲田が手を伸ばす。

「寺社奉行水野さまは妙寛寺で学問所を開くこと、許してくださいましたぞ」

満面の笑みで河合はみなに報告した。

「それは素晴らしい」

蒲田が諸手を挙げて賛意を示した。みなもよかったよかったと口々に言った。

河合は蒲田を、

「ちょっと、よろしいですか」

と、耳打ちをした。

蒲田は河合について部屋を出ると、隣室に入った。

「いかがされましたか」

蒲田は問いかけた。

「蒲田さんには、大変によくしていただいております。わたしの留守中、あるいは、手が回らない時にみなに学問を教えてくださっていること、感謝に耐えません」

慇懃《いんぎん》に河合は頭を下げた。

「いいえ、むしろ、わしこそ御前さまに感謝を申し上げねばなりません」

蒲田は居住まいを正した。

河合は笑みを返してから、

「蒲田さんは好意で行っておられると存じますが、ここに学問を学びに来るみなさんを煽《あお》るようなことはやめていただきたいのです」

「煽っておるのではございません」

蒲田は返した。

「不愉快な気持ちになられたら、すみません。扇動ではないにしろ、みなを一定方向に導くのはよくないと存じます」

「いや、御前さま、わしは扇動というよりか、御前さまのお志を受け取って、せっかく学問を授けられたのですから、これを世のために役立てなくてなんとしましょう。

そのことをわしはみなに話したのです」

「それは、感謝致します。ですがわたしはみなさんに世のために役立てよなどとは申しません。そんな必要はないんです」

河合はやんわりとだが、厳しい眼差しで蒲田を見た。

「御前さまのお気に障《さわ》ったら謝ります」

蒲田は頭を下げた。

「わかっていただければ、それでよいのです」

穏やかに河合は返した。

「では、御前さま、これにて失礼致します」

蒲田は立ち上がると部屋を出ようとして立ち止まった。

「御前さま、御指導ありがとうございます。これから一層励みます」

大きな声を上げてから出て行った。

蒲田は講堂に戻った。

みなの視線を集めながら、

「御前さまから激励を受けたぞ」

蒲田は言った。

みなの目が輝いた。

「どうすればよいですか」

「お役に立ちますよ」

みな目を輝かせた。

「ならば、おまえたちは市井《しせい》で暴利をむさぼっておる商人どもを探るのだ」

「わかりました」

一人がうなずく。

「よいか、なんでもよい。お上《かみ》の失態、不正を暴き立てるのだ」

調子づいた蒲田は言葉に力を込めた。

「やります」

「そうだ」

目を輝かせ、男たちは勇み立った。

「しっかと頼むぞ」

蒲田は言葉に力を込めた。

恐ろしいほどの熱気が部屋の中を包み込んだ。蒲田は笑っているが、目は真剣そのものである。

「星雲館に通ってよかった」

「これで、御前さまに恩返しができる」

口々にやる気を示した。

「やるぞ」

「ああ」

それは一種異様な光景であった。


源之助は八丁堀の組屋敷へと戻った。

久恵が出迎え、孫の美恵の元気な笑い声が聞こえてくる。酷暑を歩き回った疲れが一瞬にして癒される。

居間に行くと美津が美恵を抱いていた。

「ほら、お爺さまよ」

美津は美恵をあやす。

爺扱いは御免だが源之介も笑みをこぼし、

「おお、美恵、元気そうだなあ」

美津から美恵を受け取り、両手でしっかりと抱く。

「お爺さまに抱かれて美恵もうれしそう」

美津が言った時、源之助も孫相手に精一杯の笑顔を作ったのだが、いかつい顔が際立っただけとなった。このため、美恵は火がついたように泣き始めた。

「お、おい、おい、怖くないぞ」

慌てて源之助が宥めたが、かえって美恵は泣くばかりである。

久恵が困っている源之助をおかしそうに笑った。

「おい、おい」

源之助が困り果てたところで美津が美恵を抱き戻した。

「何を笑っているんだ」

源之助は久恵に文句を言った。

「笑ってなどおりません」

久恵はすまし顔で答えた。

「まあ、いい。夕餉《ゆうげ》の支度をしてくれ。いや、その前に湯屋でも行ってくる」

憮然として源之助は言った。

「気を付けて行ってらっしゃいませ」

笑いを嚙み殺し久恵はお辞儀をした。

「湯に浸かるだけだ。気を付けるまでもないわ」

源之助は捨て台詞《ぜりふ》を残して居間を出た。

玄関に至ったところで美津が追いかけて来た。

「あの、源太郎さんから聞いたのですが、兄が恐ろしい辻斬りを探索しているのだとか。なんでも夜鷹ばかりを斬り、残忍にも両の目を潰す悪鬼の如き所業を繰り返しておるそうでございますね」

美津の顔は義憤のためか険《けわ》しくなっている。

「まさしく悪鬼の如き辻斬りだ。矢作は目潰し魔と呼んでおる。それがいかがした」

「身に寸鉄も帯びない弱き女を殺すとは許せません」

「今のところ、なりを潜めておるがな」

「そういう手合いは必ず、凶行を繰り返します。絶対に捕らえねばなりません。これ以上、犠牲を出してはならないのです。ですから、わたし、囮《おとり》になろうと思います。夜鷹に扮して夜更けの根津界隈を徘徊し、目潰し魔を誘い出したいと思います」

兄譲りの気の強さ、男勝りの美津らしい考えだが、いくらなんでも頂けない。

「義憤に駆られるのはわかる。だが、やめておけ。そなたが囮にならなくとも矢作はきっと目潰し魔をお縄にする」

「でも、兄も焦っているようです」

「探索に焦りは禁物だが、付き物でもある。矢作に任せよ」

「わたしも何かお役に立たねばと……」

「美恵を可愛がってやれ。源太郎を支えてくれ。それが八丁堀同心の妻の務めだ」

いかつい顔を綻《ほころ》ばせ源之助は言った。

美津は深々と腰を折った。美恵の泣き声が聞こえた。慌てて、美津は居間に戻って行った。

四

一方、源太郎と矢作は越中橋の袂にある縄暖簾、瓢箪で飲んでいた。二人とも、いい具合に酔いが回ったところで、

「隠れキリシタン摘発はニセ情報を水野さまの隠密が摑まされたとして、妙寛寺の賭場摘発は何か裏がありそうだな」

矢作の問いかけに、

「わたしもそう思いますよ」

　源太郎も賛同した。

「水野さまには不似合な不手際だ。住職の妙全は、すっかり、貸しを作ったような気になっているだろうさ」

「妙全、水野さまの隠密にわざとニセ情報を摑ませたのでしょうか」

「あるいは漏れたのかもしれん。となると、どっから漏れたかということだ」

　矢作は腕を組んだ。

「これは、まだわからないんですがね、境内の中に怪し気な浪人が住んでいるんですよ」

　源太郎は言った。

「何者だ」

　矢作が興味を示すと、

「名前は蒲田鉄太郎というのです。境内にある庵に住んでいるんです」

「そいつが賭場に出入りしているのか」

「確認はできていませんが、賭場が開帳されているとなると、知らないはずはないと思いますよ」

「そりゃそうだな。よし、その浪人をしょっぴくか」

矢作らしい拙速さである。

「それは強引すぎますよ。精々、話を聞くことくらいじゃないと」

「おまえらしいな」

矢作はぐびっと猪口を呷《あお》った。

「その浪人がどう関わるか、糸口はそれくらいしかありませんよ」

源太郎が言ったところで、

「ところで、親父殿はどうしておられる」

矢作が話題を変えた。

「相変わらずですよ」

「相変わらずではわからん。何か影御用をやっておられるのだろう」

矢作はにんまりとした。

「やっていますよ」

「なんだ」

「わたしにもよくはわかりません」

「おい、水臭いぞ」

酔いが回ったせいで、矢作はしつこい。

「事件というより、自害ですよ」

源太郎は徒目付大峰九郎兵衛の自害の一件を話した。見る見る、矢作の顔が失望に曇る。

「あれ、越中橋近くの稲荷で首を括ったんだったな」

「そうですよ」

「では、自害じゃないか」

「ですから、自害だって言ったじゃありませんか」

むっとして返すと、

「しかし、蔵間源之助が影御用で引き受けたとなると、この自害にも裏があるかもしれんぞ」

「それは勘ぐり過ぎですよ」

「いや、きっと何かある」

両手をこすり合わせ、矢作はうずうずとした。

それから、

「おい、これから妙寛寺に行ってみないか」

と、誘いをかけてきた。

「今からですか」

源太郎が不満そうに言うと、

「赤子が恋しいか」

矢作にからかわれ、

「そんなことありませんよ」

源太郎は強い口調で言い返した。

「なら、行くぞ」

返事を待たずに矢作は立ち上がった。


半時の後、二人は妙寛寺へとやって来た。

夜が更け、暑気は和《やわ》らいでいる。半時歩いたお陰で酔いが醒めた。向かいに鬱蒼と茂る雑木林の枝葉が夜風に吹かれて音を立てている。

「行くぞ」

矢作に言われ源太郎も境内に足を踏み入れた。境内は寝静まっており、賭場の摘発騒動があったばかりとあってか、さすがに賭場は開帳されていなかった。

何をしに来たのかわからない。夜の寺を参詣に来たところで仕方がない。

と、人影が近づいて来る。

源太郎と矢作はさっと、松の木陰に身を潜めた。

「蒲田鉄太郎ですよ」

源太郎は囁いた。矢作が軽くうなずく。

蒲田は二人の目の前を通り、本堂へと向かって行く。そっと、足音を忍ばせて近づく。本堂の前に至ったところで僧侶が近づいて来た。住職の妙全である。

二人は何やら、こそこそと話しながら、本堂を見上げている。

「水野さまから、ここを河合さまの学問所、新しき星雲館にする許可を頂きましたぞ」

妙全が言うと、

「まこと、よき方向へと向かっておりますな」

蒲田も喜んだ。

「ここを学問所に使ってもらうことになりますと、色々と修繕の必要もありますな」

「御公儀からも助成金が出るのではござらんか」

「そうだとありがたいですな。何しろ、賭場を開帳しているなどという悪評が立ち、しかも、捕方に踏み込まれてしまったのですからな」

妙全は肩をすくませた。

「まったくですな。それだけに、水野さまも、こちらの寺には多少の遠慮があるというものでござろう」

「学問所、どれくらいの人数が来ましょうな」

「河合さまの評判が高まっておりますし、知行地の安房にも学びたい者がおるそうですから少なくとも百人は超すでしょう」

蒲田の算段に妙全は首肯し、

「安房のみなさんのために、長屋を建てました。仮り小屋程度の粗末な物ですが、御公儀から助成金が出ればしっかりとした物に造作したいと思います。河合さまのことですから、幾人であろうと月謝は受け取られることはないでしょうし」

「勿体ないとお考えか」

「正直申しまして。こんなことを申しますと、生臭坊主と思われるかもしれませんが、やはり、お金というものは御仏に仕える身であっても、無視はできません」

「よくわかります。ですが、河合さまは決して銭金などは受け取られない。それをなさることを潔《いさぎよ》しとはなさいませんぞ」

「そうですね。欲張ってはいけませせぬな。それにしても河合さま、まこと、拙僧などよりもよほど御仏に仕えるにふさわしきお方でござりますよ」

妙全は苦笑を漏らした。

「まこと、わしもあのような御仁には会ったことがござらん」

言葉に力を込め蒲田も賛同する。

「星雲館の開設、楽しみになってきましたな」

妙全は空を見上げた。月は雲に隠れているが、星が瞬《またた》いている。

蒲田も夜空を見上げ、

「星雲館でござりますよ」

と、呟いた。


源太郎と矢作は妙寛寺から外に出た。

「賭場どころか、学問所にするそうですよ」

源太郎が語りかけると、

「河合右京介さまというお方、相当に出来たお方なのか風変りなお方のようだな。月謝を取らぬとは大したものだ」

河合の善行が理解できないと矢作は首を捻った。

「そうですよね。やはり、水野さまはニセ情報を摑まされたということですね」

「水野さま、ニセ情報を信じて摘発に動いた後ろめたさで、この寺での学問所開設を許可されたのだろう」

「水野さまでも間違えるのですね」

「当たり前だ。神や仏じゃないんだからな」

「でも、河合さまは仏のようなお方らしいですよ」

源太郎は本堂に向かって手を合わせた。

矢作は源太郎と別れてから不忍池へと向かった。

胸騒ぎがするのだ。

夜鷹殺し、なりを潜めているが、このまま引っ込んでいるとは思えない。矢作の心配を他所《よそ》に、今月に入ると夜鷹たちは根津権現から不忍池にかけて商売に出始めている。南町奉行所の夜回りもされなくなった。

東叡山寛永寺《とうえいざんかんえいじ》の鐘が夜四つ（午後十時）を告げた。寛永寺の七堂伽藍《しちどうがらん》が夜空に巨大な陰影を刻んでいる。

長大な根津権現の門前町を通り過ぎ、不忍池の畔《ほとり》が近づいた。左手に上野国館林藩《こうずけのくにたてばやしはん》松平家の下屋敷、右手に加賀前田家《かがまえだけ》の支藩、大聖寺藩《だいしょうじはん》前田家の抱《かかえ》屋敷の築地塀が連なっている辺りで濃厚な鉄錆《てつさび》の臭気が鼻孔を刺激した。

目を凝らすと地べたに女が転がり、傍《かたわ》らに侍が立っていた。女は黒地の小袖に桟留縞《さんとめじま》の帯を締め、脇に丸めた茣蓙《ござ》が転がっていることから夜鷹だ。侍の単衣《ひとえ》と袴は黒、その上、黒覆面で顔を隠している。そして、抜き身を提げていた。刀身にはべっとりと血糊《ちのり》が付いている。

——目潰し魔——

全身に血潮が駈け巡る。

矢作は侍に向かって走りだした。侍は刀を鞘《さや》に納め立ち去る。迷わず、追いかけた。

仰向けに倒れた女の両眼は抉られていた。

間違いない、あいつが血に飢えた夜鷹殺し、目潰し野郎だ。

目潰し野郎は思いの外《ほか》、敏捷であった。

矢作は着流した小袖の裾を捲り上げて帯に挟み、雪駄を脱いで懐中に入れた。目潰し野郎は歩速を上げ、根津権現へと走って行く。

叫んでから、待てと言って目潰し野郎が待つはずはないと口を閉ざした。唇を噛みしめ、必死で駆ける。

門前町に至るや右に折れ、武家屋敷街へと足を踏み入れた。

一町ほど先に辻番所がある。ところが、目潰し野郎の姿はない。

矢作は辻番所で侍が走って来なかったか尋ねたが、辻番は見ていないと答えた。

すると、辻番所より手前の武家屋敷に逃げ込んだのだろう。目潰し野郎を見失った辺りに立派な武家屋敷があった。辻番に尋ねると、直参旗本河合右京介の屋敷とわかった。

「河合右京介……」

少し前、蒲田と妙全が絶賛していた男である。星雲館という学問所を設け、町人たち相手に無償で講義を行っているということだ。

そんな河合が目潰し野郎だというのか。

それとも河合の家来であろうか。

いずれにしても町方の役人が踏み込めるものではない。それでも幸いなことに、河合は星雲館に通う者たちのために門を開いている。

「待て！」

明日にでも探りに入ろう。

逸《はや》る気持ちを抑え、矢作は河合屋敷の裏門を見上げた。


一方、矢作と源太郎が帰ってから蒲田と妙全は薄笑いを浮かべた。

「隠密ども、こっちが気付いておるとも知らず、馬鹿な連中だ」

蒲田が語りかけると、

「見かけは八丁堀同心、一人は賭場の摘発にやって来た男であった」

妙全が答えた。

「性懲りもなく、この寺を探りに来たとは間抜けな連中ですな。ともかく、わしと住職殿のやり取りを聞いて、河合さまが純粋にこの寺で学問所を開くと信じたでありましょう」

してやったりと蒲田は哄笑《こうしょう》を放った。

「もっとも、河合さまはひたすら純粋に学問を町人たちに教授するつもりですから、嘘ではないですがな」

妙全が言うと、

「ところが、我らは大儲けをする。安房の湊に寄港したエゲレス船から抜け荷品を手に入れた隠れキリシタンをこの寺に匿《かくま》う……」

低いが明瞭な声音で蒲田は返す。

「隠れキリシタンたちを利用するのは気の毒な気がしますな」

「いや、隠れキリシタンをこの寺で匿ってやるのですから、それくらいの見返りは当然。安房の隠れ家は公儀に摘発されたのですからな。そして、水野もまさか賭場開帳で摘発しようとした寺が隠れキリシタンの巣窟になるとは思ってもいないでしょう」

「目付草野殿、よくぞ、水野さまを欺《あざむ》いてくださいましたな」

「草野殿も抜け荷の利を得て、それで長崎奉行を買うつもりですよ。しかし、気がかりなのは蔵間源之助という男」

蒲田が危ぶむと、

「大峰とかいった徒目付同様に、蒲田殿が……」

「殺せと……」

「御仏に仕える者の言葉ではございませんな」

妙全は両手を合わせ念仏を唱えた。

「蔵間は、大峰と坂東が河合さま探索によって命を落としたと疑っております。ここは、草野さまにお任せ致すのがよろしいですな」

蒲田の考えに妙全も同意した。

五

源之助は河合右京介の人となりを調べた。

河合右京介は天明《てんめい》七年（一七八七）生まれの三十三歳、父親宗乃介《そうのすけ》は大番組頭を務めていた。昌平坂《しょうへいざか》学問所に学び、二十三歳で大番入り、この年に母親菊代《きくよ》を亡くした。妻珠子《たまこ》とは十八歳の時に夫婦となったが、子宝には恵まれなかった。

二年前、三十一歳の折、大番組頭への推挙があったが辞退し、それを機に大番を辞職し、屋敷に引き籠り隠遁生活に入った。今年の弥生二十五日、父宗乃介が病死、珠子を離縁してから学問所星雲館を建て、町人相手に学問を広めることを志した。

また、大番を辞してからは用人以下、家臣を解雇、誰とも会おうとしない暮らしを続けた。屋敷内の持仏堂で終日過ごしていたという。星雲館を訪れた時、目にした持仏堂である。

星雲館を開き、学問を教授するようになってからは、御殿で寝起きをするようになったが、質素な暮らしぶりは変わらない。大番を辞してからも、復帰の話があったが固く断っている。星雲館を開いたのは卯月二十五日のことだった。

星雲館が落成したのは卯月十日、父宗乃介の死後十五日である。普請期間の短さと新築にしては建物が古びていることからして、何処《どこ》かの建物を移築したのではないか。何がきっかけで学問を世の中に広めようとしたのか、それが気になった。

源之助は星雲館を建てた大工の棟梁が下谷黒門町《したやくろもんちょう》の長屋に住む岩五郎《いわごろう》という男と知った。名前とは裏腹に小柄な初老の男ということだ。

翌五日の昼、岩五郎は長屋の近くにある小さな閻魔堂《えんまどう》で源之助と向かい合った。

「旦那、御前さまのことを探っておられますね」

岩五郎が言った。

「探るというより、気にかかるのだ」

源之助は言った。

「同じことでさあ」

岩五郎は笑った。

「そなた、学問所を建てたのだな。やけに手速く普請したものだと感心したぞ」

「ありゃ、知行地の安房の廃寺の建物を移築したんでさあ。金に糸目はつけねえってことで大勢の大工を使いましたよ」

腕自慢を誇るように左手で右腕を叩いた。やはり移築であった。

「学問所を建てる前から河合さまの御屋敷に出入りをしておったのか」

「してましたよ。それで、御前さまはあっしの腕を見込んでくださって、仕事をくださったんですからね。まあ、御前さまに見込まれたってこってすよ」

「河合さまは以前から学問熱心であられたのか」

源之助が問いかけると、

「ええ、そうですね。ただ、これほど熱心になられたのは学問所を建ててからですよ。それまでは、確かに学問はお好きでしたが、人に教えるってことはなさいませんでしたね。そういえば」

岩五郎は首を捻った。

「ほう、そうか。その辺のところ、もう少し詳しく話してはくれぬか」

源之助が尋ねると、

「以前はどちらかというと、人とあまり交わることがお好きな方ではなかったんですよ。とにかく、一人で過ごされることが多くて、一日、持仏堂にお籠りになられることもありましたね。それで一日中、中に引き籠っていらして。で、年柄年中、機嫌が悪くて、奉公人のみなさんを怒鳴りまくってね、だから、みなさん、ぴりぴりしてましたよ。気の毒でね」

　学問熱心である点は源之助が調べた河合右京介像とも一致しているが、奉公人を怒りまくっていたというのは意外だ。今の河合からは想像もつかない。人との接触の仕方はまるで別人である。そう、人が変わったようである。

「人が変わったか」

　源之助は腕を組んだ。

「旦那、御前さまは別段、悪いことをなさっているわけじゃござんせんよね」

　不安に駆られたのか岩五郎は上目遣いになった。

「そんなことはない」

　きっぱりと源之助は否定した。

「なら、いいんですがね。せっかく、御前さま、あんなに生き生きとしておられるんですから」

「ところで、奥方さまを離縁なさったのだな」

　源之助が聞くと、

「今年の弥生でしたね」

「星雲館を建て始めた頃だな」

「そうですね」

「関係があるのか。たとえば、奥方さまは学問所をつくることに反対をなさっておられたのではないか」

いささか独断ではあるが、当て推量をぶつけてみた。

「そんなことはないと思いますがね。正直なところ、よくわかりませんね。何しろ、以前の御前さまは持仏堂に籠ってずっと学問をなさっておられるようなお方でしたからね。奥方さまとの仲なんかあっしらにはわかりませんよ」

「どんな奥方さまであった」

「どんなって、あんまり、あっしらとは口を利いたことなんてありませんからね。ただ、とてもきれいなお方でしたよ。なんで、離縁なんてなさったんですかね。そりゃ、子供ができなかったからってことですがね、それでしたら、後添いをもらうのが自然だっていうのに、そんなお考えはねえようですからね」

岩五郎は言ってから口が滑ったとばかりに慌てて口を手で押さえた。

「奥方さまは旗本添田《そえだ》掃部《かもん》さまの御息女であられるな」

源之助の問いかけに、

「奥方さまのことをよく知っている女がいますぜ」

岩五郎は言った。

「それはありがたい。教えてくれ」

「お藤《ふじ》さんっていいましてね、あっしと同じ長屋に住んでいるんですよ。今、池之端《いけのはた》の料理屋で女中奉公をしていますよ」

お藤は以前、河合の奥方の身近に奉公していたのだとか。

「すまなかったな」

礼金を一朱渡して源之助はお藤を訪ねることにした。

料理屋の台所でお藤と会った。

お藤はしっかり者のようで料理屋でも料理の差配を行っていた。

源之助は名乗ってから、

「以前、河合右京介さまの御屋敷に奉公していたな」

「はい」

しっかりとお藤は首を縦に振った。

「そこで、奥方さまに仕えておったな」

源之助が問いかけると、

「あの、すみませんが、八丁堀の旦那が河合の御前さまや奥さまのことをお調べになるんですか」

まずは自分が納得しないと気がすまないようだ。

「調べるという大層なものではない。ただ、河合さまは近頃、学問所が評判を呼んでおるのでな、入所したいという町人から問い合わせがあるのだ。ついては、河合さまの評判を聞き、学問所にも通ったところ、それはもう素晴らしお方だと実感した。ところが、唯一気にかかったのが奥方さまを離縁したということだ」

もっともらしいことを言うと、幸いにもお藤は源之助の言葉を信じてくれた。

「お気の毒でしたよ」

お藤は言った。

「それは、奥方さまには落ち度がなかったということか」

「そうです。とてもお優しく、わたしたち奉公人にも気遣ってくださるお方でしたからね」

お藤は軽くため息を吐いた。

「子ができなかったから離縁されたのか」

「そういうことだったらしいですけど、それなら後添いをもらえばよろしいのに」

「いかにもだな。何か別のわけがあるのかもしれぬな」

源之助は言った。

「どんなわけだと思う」

源之助が問いかけると、

「いえ、何も見当がつきませんけど、それでも、奥さまが何か隠しておられるような感じがしました」

お藤は言った。

「どういうことだ」

「うまく言えません」

お藤は思案をし始めた。

それから首を傾げながら、

「奥さま、離縁されるのは仕方がないとおっしゃっていました。それが、子を産めない女だからということだと、ご自分を納得させるかのようにおっしゃっていました」

お藤はそれが気の毒だと嘆いた。

「夫婦仲はどうであったのだ」

「よくは存じませんが、悪くはなかったと思います。もちろん、わたしたち奉公人の前で睦まじい様子をお見せになるようなことはございませんでしたが、決して悪くはなかったと思います。ですから、離縁されたと耳にしまして、わたしに限らず奉公人たちはみな首を傾げていました」

お藤は言った。

「それが、ある日、突如として離縁をした。それと同時に河合さまは人が変わったように学問所を開いて大勢の人と接するようになったということだな」

「はい」

「お藤、学問所に行きたいとは思わぬか」

「いえ、わたしは学問なんて」

お藤はかぶりを振った。

「そんなことはない。誰にでも学問所の門戸は開いているのだ」

源之助は言った。

「でも」

尚も躊躇《ためら》うお藤に、

「ならば、明日どうだ。わたしも学問所には顔を出す」

「そこまで言ってくださるのでしたら、お店に出る前に顔を出してみますよ」

お藤は心を動かした。

「ならば、これでな」

源之助は言うと、今度は河合の元の奥方を訪ねることにした。

六

珠子は実家である添田掃部の屋敷に住まいしていた。お藤は何度かご機嫌伺いに訪れたことがあるそうだ。ひっそりと、世を忍んで生きているそうである。

裏門から素性を告げ、面談を求めるとすぐに会ってくれるという。

珠子は奥向きから出て来て庭の東屋《あずまや》で会ってくれた。挨拶の後、

「本日まいりましたのは、河合右京介さまのことでございます」

と、言った。

「御前さまの。よろしいですが、今更、わたくしが何を語ればよろしいのでしょう」

珠子は離縁されたことの罪悪感を抱いているようで言葉に元気がない。

「お辛いことと存じますが、離縁に至ったわけをお聞かせ願えませぬか」

「それが町方の御用に役立つのですか」

珠子はきつい眼差しとなった。

「いえ、そんなことはありません。ただ、昨今、河合さまの学問所が大変な評判となり、奉行所に町人たちから問い合わせが殺到しておるのです」

と、お藤への言い訳をここでも使った。

「そうですか」

珠子は考える風である。

源之助はじっと答えを待った。

しばらくしてから、

「御前は人が変わられたのです」

珠子は言った。

「それはお藤も申しておりました」

「そうでしょうね。確かに姿形は同じですが、御前は別人になられたようでした」

「それは何か悟りを開いたということでしょうか」

「悟りですか。確かに悟りとは言い得て妙ですね。悟りというのが最もふさわしいのかもしれません。まさしく、人が変わられたのです。以前はどちらかというと、とても内向きと申しますか、内弁慶なお方でありました。人と交わることなど、大嫌いなお方であったのです。学問所などとてもとても、考えられぬことでした」

やはり、お藤の言ったことは正しかった。

「どうして変わったのでしょう。そのきっかけがどうしてもわかりません」

源之助は疑問を示したが、珠子とてもよく説明することができないようだ。

「すみません、奥方さまのお気持ちを煩《わずら》わせてしまいまして」

源之助が詫びると、

「ただ、わたくしには子を産めなかったという負い目がございますから、御前に対しましてはひたすら申し訳ない思いで一杯でございます」

珠子は目を伏せた。

子を生《な》すことができず実家に帰された珠子への同情が湧いてくる。しかし、それがそもそもわからないのだ。河合はとても慈悲深い男だ。たとえ、子を産めないからといって離縁して実家に返すものだろうか。どうしても河合右京介らしくはないと思えて仕方がないのである。

それに、後添いをもらってはいないではないか。跡継ぎのことなど考えてはいないようではないか。

何か夫婦の間で大きな隠し事があるのではないか。

「いや、どうも失礼しました」

源之助は立ち上がった。

「役に立てず、すみませぬ」

珠子は詫びた。

源之助が屋敷を出ると足音が近づいてくる。

振り返ると、一人の女が立っていた。

黙って見返すと、

「わたし、奥さまの侍女で綾《あや》と申します」

しおらしく、お綾は頭を下げた。

源之助がうなずいたところで、

「蔵間さまが、奥さまと御前さまの夫婦仲を気にしておられたので、わたし、差し出がましいとは存じますが、お耳に入れたいことがございまして、お呼び止め致しました」

お綾は言った。

「わかった。話を聞こう」

源之助が言うとお綾は声を潜め、

「奥さまは大変にご苦労をなさいました」

まず、お綾は言った。

「それは、子を産めないことで苦労をなさったということか」

源之助が問い直すと、

「それもありますが、そもそも、離縁されたのは、奥さまの方にばかり原因があるわけではないのです」

お綾の目はきっと見開かれ、

「むしろ、奥さまよりも御前さまに問題があったのです。奥さまは御前さまの理不尽にひたすら耐えておられたのです」

お綾の目は涙で潤んでいた。それが、真実の嘆きを表しているようであった。

「それは、御前さまがひたすらに学問の道に突き進むがために、御番入りとか家のことを一切、顧みなかったということか」

源之助が聞くと、

「それもありますが、御前さまは大変に短気なお方でございました」

「短気……」

岩五郎の証言が思い出されるが、やはり、短気と河合が結びつかない。

「大変に短気なお方でございまして、それゆえ、人と交わることが不得手でいらっしゃいました。大番をお辞めになられてからは人と接することが一段とお嫌になられ、かと申してもお一人で過ごされますとご不満を溜め込まれ、鬱憤《うっぷん》を奥さまにぶつけるのでございます」

「ぶつけるとは」

「それはもう、殴る、蹴るでございました。それは、それは、誰も止め立てすることなどできはしませんでした」

「なんと」

とても、河合右京介からは想像できるものではない。まったくもって別人ではないか。

「では、奥方さまは離縁を申し渡されて、かえって、好都合でいらしたのだな」

「そうだと思います。奥さまはこれで、御前さまから離れることができると、ほっと安堵なさったと思います」

「なるほどな。では、今、聖人の如き河合さまを奥方さまは信じられないであろうな」

「奥さまはともかく、わたしは信じられません」

お綾は強い口調で言った。

「では、一度、河合さまの学問所に来てはどうだ」

源之助が勧めると、

「奥さまは、離縁された身でそんなことはできないと思っておられるようでございます」

「それはそうであろうが、今の河合さまはまるで別人、大変に社交的で明るく、そして、人に対して慈悲深いお方であるぞ」

源之助は言った。

「それが信じられないのでございます」

お綾は気色《けしき》ばんだ。

「百聞《ひゃくぶん》は一見《いっけん》にしかずと申すではないか」

できるだけ柔らかに源之助は言った。

「わかりました。奥さまにもお話ししてみます。ご承知くださるかどうかわかりませんが」

「もし、ご承知くださったら北町奉行所の両御組姓名掛まで報せてくれ」

期待はしなかったが頼んだ。

「蔵間さま、よくぞ、ありがたいお話をお聞かせくださいました」

お綾は丁寧に頭を下げた。

第三章　突然の人変わり

一

翌六日の朝、源之助が居眠り番こと両御組姓名掛に出仕すると、

「親父殿、達者か」

ろくな挨拶もなく、いつもの無遠慮さで矢作が入って来た。

「相変わらず、がさつな男よな」

源之助が顔をしかめようがお構いなしである。

「今回の影御用、なんとも地味なようだな」

矢作はからかうかのように語りかけてきた。

「御用に地味も派手もない」

むっとして返すと、

「すまん、すまん、その通りだな。おれは地味なのか派手なのかわからんよ。隠れキリシタンの摘発だからな」

「おまえ、そもそも、キリシタンの教えを知っておるか」

「もちろんだ」

矢作はキリスト教の教義について、あれこれと話し始めた。

「この世は唯一絶対の神がお創りになった。日本には八百万《やおよろず》の神がおられるが、キリスト教によると、この世に神は一柱《ひとはしら》のみなのだ。その神によってこの世は創られたのだそうだ。神の子たるイエス・キリストはこの世の人々が犯した罪を背負い、自ら磔《はりつけ》に処せられて命を落とした。しかし、三日後に蘇《よみがえ》ってな、天に昇ったが聖霊となって降った。イエスを神の子、救世主と信ずる者は救われる……。とまあ、こんな具合だな」

付け焼刃であろうが、矢作は得意げに語り終えた。

「よく学んでおるではないか」

矢作を誉めながら、ふと河合右京介のことを思い出した。

河合右京介……。

星雲館建設を境に人が変わった。

それまでは短気で人と交わろうとしない偏屈な男、虫の居所が悪いと妻に平気で手を上げる横暴な男であったのが、他人と積極的に交わり、思いやりを示し、欲という欲を捨てた聖人のような男になった。

何か天啓を得たとしか思えないその変貌ぶりは、キリスト教に入信したからではないのか。水野は隠れキリシタンが抜け荷を働いていると睨んでいるが、抜け荷という利得とは無縁の河合ならば純粋にキリスト教の教えに魅かれ、入信したのかもしれない。

河合は大番を辞してから二年間をほとんど持仏堂で過ごした。持仏堂の中で様々な書物を読んだという。その中にキリスト教の経典があったのではないか。

「どうした、親父殿」

矢作に問われ我に返った。

「いや、少しばかり考え事をしておった」

「影御用のことか」

「まあ、そんなところだ」

曖昧に言葉を濁す。

矢作が、

「隠れキリシタン、集会をやっておるようなのだがな。それがなかなか見つからん」

と、嘆くように呟いた。

「きっと、結束が固いのだろう」

河合のことが気にかかり、つい生返事《なま》になってしまう。

「それはそうだろうがな、この江戸で隠れキリシタンが跋扈《ばっこ》するとはずいぶんと大胆になったものだ。水野さまによると、エゲレス船が近海に出没しておるから、そのことが勢いづかせているということだがな。ともかく、寺社方と手分けをして宗門改めを徹底して行っているよ」

矢作はやれやれと団扇《うちわ》で扇《あお》いだ。

「隠れキリシタン、日本の仏教を装っていると聞いたことがあるぞ」

源之助が言うと、

「それも想定しているのだ。古くからある寺院や社《やしろ》はともかく、新しい神社仏閣にはな、探りを入れている」

「虱潰《しらみつぶ》しに探索を続けるしかあるまい」

「その通りだな。ともかく、動き回るとする。それで、親父殿、徒目付の自害、どうなったのだ」

「耳が早いな」

苦笑を漏らすと、

「あたり前だ、おれを誰だと思っているのだ」

矢作は胸を張った。

源之助は鼻で笑い、

「自害で間違いなかろうが、自害に至る理由がよくわからんのだ」

「わかったところで、死者が生き返るはずはあるまい」

身も蓋《ふた》もないことを矢作が返すと、

「ところがな、キリシタンの神、イエス・キリストは磔にかけられて死んだ後に生き返ったのだろう」

「そうなんだ。人が死んでこの世で生き返るとは、信じられないが、神さまだから生き返ったのか」

矢作は首を捻《ひね》った。

「キリシタンの教えはともかく、隠れキリシタン探索は根気よく務めることだ。そうだ、キリシタンに入信すると人が変わるものだろうかな」

「人が変わる者もいるだろうな。信心深い者が多かろうからな」

「北町は賭場の摘発、南町は隠れキリシタンの摘発、共に不発だったとはいえ、水野さま、意気軒昂であられる」

「何しろ、減封、家臣の反対を押し切ってまでして浜松城主になられ、将来は老中を目指すお方だ。志《こころざし》の高さといったらないさ」

矢作は言った。

「おまえも、志を持って筆頭同心になりたいとは思わぬのか」

「おれは御免だよ。とても、人の上には立てんさ」

矢作はかぶりを振った。

「そりゃそうだ。おまえが上に立ったら、下の者が大変だ」

源之助は声を上げて笑った。

「余計なお世話だ」

矢作はむっとした。

それから、

「水野さま、張り切るのはいいが、賭場の摘発で失態を演じた上に、隠れキリシタン摘発も成果が出なかったとなったら、大きくつまずくな」

「水野さまのことだ。勝算があってのことだろう。思いつきでやっておられることはあるまい」

情報元が長崎奉行を狙う目付草野兵部だとは矢作には黙った。草野は隠れキリシタンと抜け荷を結び付けて摘発し、長崎奉行への足がかりにするつもりだ。

「そうだよな、そこだよ」

矢作は半身を乗り出した。

「どうした」

源之助も思わず、身を乗り出す。

「何か裏があるんじゃないか」

さすがは矢作、八丁堀同心の勘はいい。

「賭場や隠れキリシタンの摘発に何か臭うのか」

源之助の問いかけに、

「水野さまにしては、手抜かりだとは思わないか」

「確かに水野さまらしくはないな。しかし、水野さまとて神仏にあらずだ。間違うことだってある」

「そりゃそうだろうがな。おれは何か作意が感じられるんだ。どうも、わざと間違ったのではないか」

「まさか、水野さまが賭場や隠れキリシタンと繋がっているなどと言うわけではあるまいな」

「案外、そんなことがあるかもしれんぞ」

大まじめに矢作は答えた。

見当外《けんとうはず》れもいいところだが、矢作が河合探索に介入してくると厄介なことになりそうだ。すっとぼけるに限る。

「考え過ぎだ」

源之助は一笑に伏したが、

「何も水野さまが賭場や隠れキリシタンから何らかの利益を受け取っているというわけではないんだ。泳がせているのではないか」

「つまり、わざと失敗をして、より大きな敵をおびき出そうということか」

源之助が言うと、

「親父殿はそうは思わぬか」

矢作はにんまりと笑った。

「いささか、深読みが過ぎるとは思うな」

「水野さまなら、やりかねんぞ」

「それが事実なら、策士、策に溺れるなどということにならねばよいが」

「まったくだ」

矢作は大きく伸びをした。

「それで、おまえのことだ。自分の考えに従って動いたのだろう」

源之助の問いかけに、

「実はその考え方に基づいて、源太郎と共に妙寛寺を夜間に訪ねたのだ」

思い立ったら実行しなければ気がすまない矢作らしい。

「ほう、それで」

「やはり、賭場など開帳されていなかった」

矢作は両手を広げ、顔をしかめた。

「しかしな、浪人蒲田鉄太郎と住職妙全のやり取りを耳にできたぞ」

矢作は河合が妙寛寺で学問所を開設することを話した。

「そのようだな」

既に源之助が知っていたため、矢作は面白くなさそうに軽く舌打ちをした。

「そうむくれるな。ということは、やはり、妙寛寺は賭場など開帳していなかったということではないか。それがはっきりしただけでも無駄足ではなかったということだ」

慰めるように源之助が言うと、

「そうなんだがな……」

矢作も納得したが、

「親父殿、どうももやもやしてしょうがないぞ」

「そういうときもある。現にわたしだって、胸のもやもやが消えぬ」

「おれのは大きなもやもやだ」

矢作の声音が変わったことから、わだかまりの大きさが窺える。

「親父殿に話すかどうか迷っていたのだがな、話さずにはおられん。実は昨晩、目潰し魔を見かけて追いかけたのだ」

矢作は妙寛寺からの帰途、不忍池近くで目潰し魔を追いかけて根津の武家屋敷に至ったことを語り、

「で、目潰し魔、何処へ入って行ったと思う」

「さあな。勿体ぶらずに申してみろ」

源之助が促すと、

「河合右京介さまの御屋敷だ」

矢作が答えると同時に、

「なんだと！」

思わず、大きな声を上げてしまった。

これには矢作も驚き、

「どうした、親父殿」

と、いぶかしんだ。

「影御用で河合さまを探っておるところだ」

腹から絞り出すように源之助は答えた。

黙っているつもりだったが、そんな場合ではない。河合右京介が血に飢えた殺人鬼であったなど、隠れキリシタンであるよりも衝撃である。

矢作はうなずくと、

「親父殿、河合さまを探っておったのは目潰し魔だと疑ってのことか」

「いや、二人の徒目付の自害に河合さまが関わっているのではと不審を抱かれた、目付草野兵部さまに依頼されたのだ。それで、星雲館にも足を運んで河合さまとも言葉を交わした。実に誠実で人当たりのよいお方であった。町人にも分け隔てなく接し、決して威張ったところがない。言ってみれば目潰し魔とは正反対の御仁であった」

源之助の言葉をじっと聞いてから、

「親父殿のことだ。よもや、見誤ってはおるまい。すると、河合さま以外の者、家来衆の中に目潰し魔は潜んでいるということか」

「ところがな、河合家に家来衆はおらぬ。安房の知行地は村長と代官一人に任せているそうだ」

「五千石の大身《たいしん》旗本なのだろう」

「二年前、大番を辞されてから御屋敷に引き籠ってしまわれ、用人にも若党にも暇を出された。雑務は通いの奉公人が行っておる。今年の弥生には父上さまを亡くされ、奥方も離縁された」

「お一人で暮らしておられるのか」

「そういうことだ」

「ということは、河合さまが目潰し魔ということになるぞ」

「そうは決めつけられぬだろう。目潰し魔が河合屋敷に入ったかどうか……。入ったとしても、おまえの追及をかわすために身を潜めただけなのかもしれぬ」

落ち着きを取り戻してみると、どうしても河合と目潰し魔が結びつかない。

「親父殿を疑うわけではないが、河合さま、親父殿が見た顔の裏に恐るべき目潰し魔の顔を持っているのではないのか」

「実は気にかかることがある。河合さまは星雲館を建てられた頃からお人が変わられたのだそうだ。それ以前は、偏屈で人付き合いが嫌い、奉公人には厳しく、奥方には手を上げることもあったとか」

「ならば疑わしいではないか。河合さまは己の所業を改心され、罪滅ぼしのつもりで町人たちに学問を教えることにした。しかし、昼間はそうした顔を持っていても、いや、そうした顔を持つことで鬱憤《うっぷん》が溜まり、夜中の残虐な殺しとなって爆発しているのではないか」

矢作の推測は当たっているかもしれない。

「わたしは、これから河合さまの御屋敷に奉公していた女中と共に星雲館に行く。おまえも、星雲館で河合さまを自分の目で見てはどうだ」

「よし、とっくりと見定めてやるぜ」

矢作は手を打ち、腰を上げようとした。

それを、

「ところで、わたしもおまえに話すべきか迷っていたことがある」

源之助が言うと矢作はおやっという顔になり、浮かした腰を落ち着けた。

矢作の目を見ながら、

「美津がな、おまえに目潰し魔を絶対にお縄にしてもらいたいと、夜鷹に扮して囮《おとり》になると言ったのだ。むろん、わたしはやめるよう強く言い渡した」

矢作は唇を嚙み、拳を握った。大きく目をむき、唸り声を上げてから、

「美津の奴……。出過ぎたことを言いやがって、あの出しゃばりが」

「美津はおまえのためもあるが、弱い女を狙う目潰し魔が許せないのだ。いたく、義憤に駆られておったぞ。思い余ってでしゃばったことを申したのだ。美津とて八丁堀同心の血が流れているのだからな」

「わかっているよ。あいつを責めるつもりはない。あいつを叱る暇があったら、目潰し魔探索に邁進するさ」

「そういうことだ」

源之助は大きくうなずいた。

二

昼四つ（午前十時）、源之助はお藤を伴い河合の屋敷を訪れた。女中の仕事が始まるまでお藤は星雲館で学ぶことを承知したのだった。

「やはり、わたしは行かない方がいいんじゃありませんかね」

裏門に着いたところでお藤は躊躇《ためら》いを示した。

「構わん、門戸は誰にでも開かれているのだ」

源之助が言っても、

「でも、わたしのような無学な者が学問所に足を踏み入れたんじゃ、御前さまはお怒りになりますよ。それは、怖いお方なんですから」

お藤はかつての河合の姿が頭から離れないようだ。

「妙な物言いだが、今の河合さまはそなたが知る河合さまではないのだ。それは、慈悲深い、身分の上下にも分け隔てなく接してくださるお方だぞ」

噛んで含めるように語りかけても、

「本当ですかね」

それでもお藤は不安が去らないようだ。

「大丈夫だ」

懇願するように源之助が念押しすると、

「では、御前さまから叱られたら、すぐに帰りますからね」

ようやく、お藤は同意した。

「それでよい」

ようやくのこと、源之助はお藤を伴って河合の屋敷に入った。

講堂を見るなり、

「まあ、立派だこと」

お藤はしばし講堂を見上げた。

今日も蔀戸《しとみど》が開け放たれ、中の様子が見て取れる。通《かよ》っている者は町人たちばかりで、学問を学ぶといういかめしさはなく、講談を聞くように楽し気である。そんな雰囲気に安堵したのかお藤の表情も緩《ゆる》んだ。

庭を彩る百日紅も緊張を解《ほぐ》してくれている。

「さあ、入るぞ」

源之助が促すと、抗《あらが》うことなくお藤は階《きざはし》を上った。

講堂に入ると、

「みな、いよいよ、妙寛寺でより大きな学問所、新星雲館が開かれるぞ」

蒲田が大きな声を上げていた。源之助を見ると視線を合わせようとしない。ずらりと並ぶ天神机の空席を見つけ、源之助はお藤と並んで座った。

蒲田の言葉で和やかな空気が払われ、代わって熱気が溢れた。こうなるとお藤は身を縮こませてしまった。源之助も偽ったようで気が差した。

蒲田が目ざとく源之助と一緒のお藤に目をやると、近寄って来てお藤の前にどっかと座り、

「そなた、何を学びにまいったのだ」

居丈高《いたけだか》にお藤に問いかけてきた。お藤は怯え、答えられない。

「蒲田殿、そんな、大きな声を出されるな。星雲館は誰にでも門戸が開かれているものですぞ」

よこから源之助が割って入った。

「ふん、ま、精々学ぶがよかろう」

蒲田は冷笑を浮かべ去って行った。

すると、河合が入って来た。蒲田によって張り詰められた緊張の糸が断ち切られ、

いつものような和やかな雰囲気に包まれた。学問所に限らず職場においても、上に立つ者次第で空気が変わるものだ。

「みなさん、今日もよく来てくれましたね」

表情と同様、極めて穏やかに河合は挨拶をした。

「御前さまとは思えない」

目を瞠《みは》りお藤は呟いた。

「まぎれもない河合右京介さまであるな」

源之助が囁きかけると、

「御前さまに間違いありませんけど、まるで別人のようです」

お藤はしばし河合に見入った。

「姿形は同じなれど、別人のようか……」

源之助も河合を見つめ続けた。

「ほんと、別のお方のようです」

お藤は繰り返した。

河合は妙寛寺にて新しい星雲館を開くに至ったことをみなに話した。

みな歓迎している。

河合はにこやかな顔でみなの周りを回り出した。ゆっくりと源之助とお藤の方に歩いて来た。

「これは、蔵間さん。どうやら、まことに学問にお目覚めになられたようですね」

「河合さま、お教えいただきたいことがございまして、こうしてまかり越しました」

河合は源之助の前にふわりと座った。

「わたしに答えることができることですと、いいのですが」

謙遜しながら河合は応じた。

人が変わったようだと言ったお藤であったが、間近に河合を見ると奉公していた頃の恐怖心が蘇ったようで面を伏せてしまった。

「河合さま、キリシタンの教えをご存じでございますか」

おもむろに源之助は問いかけた。

隠れキリシタンであるのかも確かめたいところだ。

河合は穏やかな顔のまま、

「キリシタンの教え、聞きかじりですが多少は存じております」

と答えてから何故キリスト教のことを問うのかと無言の問いかけをしてきた。

「キリシタンの神、イエス・キリストは磔に処せられながら生き返ったようです。そんなことが実際にあったのでしょうか」

「キリシタンの経典にはそのように書かれています。それはキリシタンの間では真実なのです。仏教において、仏陀が生まれた時に天を指差したということと同様です」

「河合さまはそのことを信じますか」

源之助は視線を凝らした。

「いいえ、信じません。わたしはキリシタンではありませんから」

河合は涼やかな目を向けてきた。

これだけでは河合が隠れキリシタンなのかどうか判然としない。それでも、これ以上問いかけることは疑念を招く。

「お話しくださり、ありがとうございます」

源之助が頭を下げると、

「どうして、キリシタンの教えに興味を持たれたのですか。ああ、御用の都合ですね。隠れキリシタンの摘発ですか」

ぎくりとした。

星雲館にやって来た意図を見透かされたのかと危ぶんだが、河合の表情や物言いには源之助を疑う素振りは感じ取れない。

「そんなところです」

無難な答えを返す。

「御用に役立てばうれしいです」

河合はちらっとお藤を見た。お藤は伏し目がちで、耳たぶを赤く染め、緊張を隠しきれないでいる。

「では」

河合は腰を浮かした。

それを、

「河合さま、お藤でございます」

源之助が呼び止めた。

河合はお藤を見た。戸惑いの表情を浮かべている。

「御前さま、しばらくでございます。藤でございます」

お藤は両手をついて頭を下げた。

河合は無言だ。

「河合さま、お藤でございますぞ。かつて、御屋敷に奉公に上がっておったお藤が学問を志してやって来たのです」

源之助が言葉を添えたところで、

「おお、そうでしたか。それは、よいことです。しっかり、学んでください」

河合はいつもの穏やかな顔に戻った。

「お藤、よかったな」

源之助が声をかけると、お藤はほっとしたように笑みを浮かべた。

「御前さま、学問とは無縁のわたしですが、これを機会に学問をしとうございます」

お藤が言うと、

「気を張ることはありません。他人を気にすることなく、自分のできる範囲で学べばよいのですよ」

優しく励ましてから河合は立ち上がった。

お藤はほっと安堵の表情となった。

「河合さま、穏やかになられたであろう」

源之助が訊くと、

「本当にお優しくなられました。人がお変わりになられたというのは本当でございましたね」

「少し、気になることがあった」

源之助が言った。

「どんなことですか」

「河合さま、そなたを見ても誰かわからないようであったぞ」

源之助が指摘すると、

「奉公に上がっていた頃の御前さまは、奉公人の顔など、一々、覚えたりはなさいませんでしたから。わたしなど、名前すら憶えていただけなかったと思いますよ」

「それなのに、今はあの慈悲深さということか」

にこやかに談笑する河合を見ながら源之助は言った。

「まるで、別人ですよ」

お藤はうれしそうに言った。

「これで、仕事の合間に、学問所に通うことができるな」

「通いましょうかね」

思ったよりも敷居が低くて、お藤はすっかり安心したようだ。それにしても、河合右京介、お藤を見知らぬようであったのはどういうことだろう。お藤が言っていたように、当時の河合は奉公人など一切が眼中になかったからなのだろうか。

とにかく、以前とは河合は別人であるという。それゆえ、お藤の言うことはもっともなのだが、やはり、違和感を抱いてしまう。

人は変わることがあるが、そこまで変われるものだろうか。

「おかしい」

独り言のように源之助は呟いた。

「今の御前さまなら、奉公人が辞めることもないでしょうし、奥さまも幸せに暮らすことができるのに」

お藤は残念そうだ。

「そなたの気持ちはわかる。もう一度、奉公に上がりたいのではないか」

「いいえ、それよりも、わたしは学問をしたくなりましたよ」

照れ隠しなのか、お藤はけたけたと笑った。

「そうか、それはいい。大変によいことだ。しっかりな」

励ましたくなった。

「蔵間の旦那、連れて来てくださって、本当にありがとうございました」

お藤は頭を下げ、天神机に置かれた草双紙を広げて読み始めた。その横顔は生き生きと輝いていた。

講堂の隅に矢作は座した。

河合の挙動を目を凝らしてじっと見ている。果たして目潰し魔なのかどうか。月夜とはいえ、夜更け、おまけに黒覆面で顔を覆っていた。面相は比べようもない。

では、背格好はどうだろう。

河合は目潰し魔と同じくらいに見える。

源之助とやり取りをしている様子は穏やかで、残虐な殺しを重ねる殺人鬼とは思えない。

あまりじろじろ見ていると不審を招くため、時折、きょろきょろと周囲を見回す。

やがて、河合が近づいて来た。素知らぬ顔をしようと思ったが、言葉を交わしてみるのがいいだろう。いや、その前に、河合が目潰し魔だとしたら自分を覚えているかもしれない。

矢作は河合を見上げ、

「河合さま」

と、声をかけた。

河合は立ち止まり矢作を見下ろした。

表情に変化はない。柔らかな物腰で矢作の前に座った。

「拙者、南町の同心、矢作兵庫助と申します」

目潰し魔なら自分を見たら表情が変わるだろうと期待したが、河合に変化はない。

「蔵間さんといい矢作さんといい、八丁堀同心の方が星雲館にいらしてくださると、みなさんも安心できます」

河合はにこやかに言った。

「それは恐縮です。実を申しますと、こちらにまいりましたのは柄《がら》にもなく学問を学びたいと思ったことに加えて、この界隈で物騒なことが起きておりますので……」

誘いかけるように矢作は言葉を止めた。

「物騒なことと申されますと」

「殺しでございます。あまりにもむごたらしい殺しでございますので、公《おおやけ》にはしておりませんが」

「夜鷹が斬られた一件ですか。確かにひどい事件でございますね。夜鷹とて人、それを虫けらのように命を奪うなど……」

珍しく河合は怒りを示した。

「ご存じなのですか。奉行所ではあまりにむごたらしいために、表沙汰にしておりませんが」

疑念の眼差しで矢作は見返した。河合はたじろぐことなく、

「読売で読みました」

と、答えたところで、蒲田が読売を持って来て、天神机の上に広げた。

読売には、不忍池界隈で夜鷹が斬られ、下手人は不明であると書き立てていた。但し、両目が潰されているという記載はなく、殺された夜鷹も一人が掲載されているのみである。卯月七日の晩に殺されたとあり、二月《ふたつき》余りが経過しているのに、南北町奉行所は下手人を挙げられないでいる。挙げられないのではなく、被害者が夜鷹ゆえ挙げる気がないと読売は南北町奉行所を批判していた。

昨夜の殺しを含めた連続夜鷹殺しの実情は読売も把握していないようだ。

「ここに通う者がな、見聞きしたのだ。町奉行所が動いてくれないのなら、読売に書き立ててもらえとわしが勧めた」

蒲田は得意げに言い放つと門人たちの輪に入り、

「これからも、世の不正を大いに訴えようではないか」

と、みなを煽り立てた。

星雲館に通う者の中に夜鷹殺しの噂を聞いた者がいるということだ。しかし、いかんせん、目潰し魔の所業全ては把握できていない。河合も読売で得た知識ということ

なのだろう。

よし、試してみるか。

「河合さま」

声を潜めた。

河合は黙って見返す。

「よろしいでしょうか」

内密な話があると誘いをかけた。河合は問うこともなく応じた。矢作は立ち上がり、回廊に出た。河合もついて来た。

陽炎《かげろう》が立つ庭を眺めながら、

「読売に載っておりました夜鷹殺しですが、殺された夜鷹は一人ではないのです」

「まことですか……、それは酷《ひど》い」

河合の目は険《けわ》しくなった。

下手人への嫌悪と共に下手人を捕らえることができない町奉行所への批判が込められているようだ。

「弥生から卯月にかけまして、星雲館が出来る頃までに七人もの夜鷹が殺されました。同じ下手人の仕業だとわたしは踏んでおります」

敢えて、両目が潰されていることは伏せておく。

「七人ですか」

河合は絶句した。

「そして、更に昨夜、もう一人、夜鷹が殺されました」

「ということは、八人ですか」

「そういうことになります。わたしは殺しが行われた直後の現場に偶々《たまたま》遭遇しました。それで、下手人を追いかけました。ですが、下手人をこちらの御屋敷の近くで見失ったのでございます。この先にある辻番所では下手人らしき侍はおろか誰も通ってはいなかったということでした」

「ということは」

河合は矢作に向いた。

「こちらの御屋敷に下手人は逃げ込んだのではと疑っております」

高ぶる気持ちを抑え、矢作は見返した。

「矢作さん、それは何時頃《なんどき》のことでしたか」

静かに河合は問いかけてきた。

「四つを四半時《しはんとき》ほど過ぎた頃であったと思います」

河合は宙を見上げしばし、記憶の糸を手繰《たぐ》るかのように視線を凝らした後、

「その頃でしたら、わたしは書院で書見をしておりました」

極めて落ち着いて答えた。

それから言葉足らずと思ったのか、

「何しろ、一人住まいゆえ、証人というものはおりません」

「なるほど、では、庭先に不審な者が立ち入ったとしても気付かれませんでしたか」

「気付きませんでした。と、申しても、一人住まいゆえ、わたしの気付かぬうちに、矢作さんの追及を逃れようと当屋敷に忍び入ったのかもしれません」

河合の表情に変化はなく、不審な点は見られない。

そこへ蒲田がやって来た。

「御前さま、そろそろ講義の続きをお願い致します」

蒲田が声をかけると、

「では、矢作さん。わたしも何か気が付いたことがありましたら、お知らせ致します。矢作さん、必ず下手人を挙げてください」

河合は一礼すると中へ入って行った。

蒲田が一人残り、

「矢作さん、河合の御前を探っているのか」

河合とは対照的に居丈高な責め口調で問いかけてきた。

「御前さまを探っているんじゃないさ。あんたが持ってきた読売に書かれていた夜鷹殺しの下手人について問い合わせたのだ。何しろ、この界隈に下手人は出没するようなのでな」

「ほう、どんなことを問うたのだ」

「あんたとは関わりない」

「八丁堀同心は陰険だな。貴殿といい、蔵間さんといい」

蒲田は薄笑いを浮かべた。

「好きに言うがいいさ」

矢作は蒲田を押し退け、講義の場に戻った。

大和朝廷の歴史について講義をする河合を矢作は凝視し続けた。塾生たちは一言も聞き漏らすまいと熱い眼差しを向けている。河合は時折、講義を止め、みなが講義についてきているか見回す。目が合う塾生には微笑みかけ、講義を続けた。

目潰し魔は夜鷹を殺すだけでは満足せず、両目を抉っている。その惨《むご》たらしい所業にはどんなわけがあるのだろう。

目と目が合っただけで、喧嘩をふっかける者がいる。しかし、河合にそんな素振りはない。それとも、夜になると凶暴になるのだろうか。

ならば、夜に忍び込むか。

講義など上《うわ》の空である。

星雲館の帰途、根津界隈を源之助は矢作と肩を並べて歩いた。道々、矢作は河合とのやり取りを語った。

「というわけで、河合さまは目潰し魔との関わりを否定なさった。実際、残虐非道の目潰し魔と河合右京介さまは結びつかない。河合さまを目潰し魔などと言い立てたら、それこそ、気が変になったとおれは笑われるだろうがな。でも、どうも引っかかる」

納得できないように矢作はぶつぶつと口の中で呟いた。

「昼と夜の顔か……。おまえは河合さまに光と影を見たのだな。わたしが連れて来た女中のお藤は過去と現在の河合さまの人変わりを不思議がっておる」

源之助が答えると、

「女中ではないが、河合さまは実に不思議なお方だ。ひょっとしたら、とてつもない化け物かもしれんぞ」

矢作は河合の屋敷を振り返った。立ち止まり、

「よし、今晩、忍び込んでやるか」

と、意気込んだが、

「今晩はやめておけ。もし、河合さまが目潰し魔と関わりがあるとしても、今晩は警戒なさっておられよう。おまえ、忍び込んだのを気付かれたら、手討ちにされても文句は言えぬぞ。手討ちにされなくとも、おまえ一人の不手際ではすまぬ。御奉行にも災いが及ぼう。しばらく日を空けた方がよかろう。おまえは、拙速に過ぎる」

断固として反対すると、

「わかった、わかった」

不承不承ながら矢作は受け入れた。

三

二日後の八日の朝、源太郎と京次はお藤の亡骸《なきがら》を検《あらた》めていた。むろん、源太郎も京次もお藤が河合右京介の屋敷に奉公していたことは知らない。

お藤は不忍池の畔《ほとり》に横たわり袈裟《けさ》懸《が》けに斬られていた。着物からは巾着がなくなっ

ている。両目は潰されていない。

「物盗りの仕業《しわざ》ですかね」

京次が言うと、

「そうだろうな」

源太郎も同意した。

すぐに身元が割れた。池之端の料理屋に奉公する女中のお藤だとわかった。料理屋の女将《おかみ》がお藤だと確かめた。

女将は涙ぐみ、お藤がいかに働き者であるかを語った。

「とても、てきぱきと御膳を差配してくれましてね、うちはお藤さんでもっているようなものでしたよ。それが、こんな変わり果てた姿になってしまって」

女将は嗚咽《おえつ》を漏らした。

「そこまでしっかり者であったとはな」

源太郎も同情するように話を合わせた。

「なにしろ、以前は武家屋敷に奉公していたんですからね」

「ほう、何処の武家屋敷だ」

「河合右京介さまの御屋敷ですよ」

「河合さまか、今、評判の学問好きのお旗本ではないか。星雲館という学問所を屋敷内に建て、大勢の町人に学問を授けておられるな」

源太郎は京次と顔を見合わせた。

女将はそのようですと答えてから、

「それで、お藤さん、河合さまの学問所に通うんだって、張り切っていたんですよ。ですから、お昼八つ（午後二時）まで、店が忙しくなる前までということですけど、三日に一度、通わせて欲しいって願い出られたところなんですよ」

「そうか、その矢先にな」

源太郎は改めてお藤の亡骸に視線を注いだ。

「そうだ、北町の旦那がお誘いくださったんですよ」

不意に女将が思い出すと、

「まさか、ここでも事件の影に蔵間源之助ありってことじゃあ」

京次は冗談半分に口に出したのだが、

「そう、蔵間さまっておっしゃいましたよ。怖そうな顔をなさって。あら、旦那も蔵間さまですね」

女将は目を白黒とさせた。

源太郎が父だと答えてから、

「父がお藤を河合さまの学問所に誘ったということか。どうしてだ」

「さあ、そこまではわたしは存じません。お父上さまにお訊きになってくださいまし」

「そうだな、父に尋ねるとしよう。それで、一昨日《おととい》もお藤は星雲館に通ったのか」

「はい。でも、昼からは店に出てくれて、夜五つ（午後八時）の閉店まで働いてくれましたよ」

女将の答えを受け、

「殺されたのは物盗りと決め付けない方がいいかもしれませんよ」

京次が源太郎に言ってから、改めて女将にお藤に恨みを持つ者に心当たりがないか問いかけた。

「そりゃ、自分じゃ思いもかけないことで恨みを買うものですが、お藤さんに限って人さまから恨まれるようなことはありませんよ。本当に誰にも親切でね」

女将は再び涙を浮かべた。

「やはり、物盗り、刀でばっさりってことは浪人、辻斬りの類《たぐい》ですかね」

京次の推量に、

「そうだろうな」

源太郎は同意し、物盗りの線で事件を追うことにした。それにしても、またも蔵間源之助が関わってくるとは。

ともかく、京次と上野界隈の聞き込みを始めたのだった。


その晩、源之助が湯屋から組屋敷に戻り、浴衣《ゆかた》掛けで母屋の縁側で涼んでいると、

「父上、夜分、畏れ入ります」

源太郎がやって来た。

「賭場摘発がうまくいかなくて、大変だな」

源之助は励まそうとしたのだが源太郎は、

「むろん、賭場の摘発も大切なのですが、今日は殺しの一件で是非とも父上の話を聞きたくてまいりました」

「首吊りの次は殺しか、忙しいことだな」

「父上、池之端の料理屋の女中でお藤という女をご存じですね」

「お藤がどうかしたのか」

嫌な予感がし、背筋がぴんと伸びた。

「殺されたのです」

源太郎は亡骸が見つかった経緯をかいつまんで語った。

「ふ〜む」

源之助は強く首を左右に振り、

「で、下手人は捕まったのか」

「辻斬りの線で聞き込みをしております」

源太郎が答えたところで、

「御免くださいまし」

玄関で声がした。

源太郎が京次だと呟く。

「上がれ」

源之助が声をかけた。

すぐに京次がやって来て、居間の隅《すみ》に座った。

「また、殺しですよ」

京次が言うと、源太郎は眉間に皺《しわ》を刻んだ。

「岩五郎という大工ですがね、お藤と同じ長屋に住んでいるんですよ。下谷黒門町です」

ここまで京次が報告したところで、

「岩五郎だと！」

源之助が大きな声を上げた。

「どうしました」

京次に驚かれたが、

「まずは、詳しいことを教えてくれ」

源之助に言われ、京次は岩五郎殺しについて報告を始めた。

岩五郎は長屋の自宅で殺されたのだそうだ。胸には鑿《のみ》が突き立てられていた。

「夕方になって、大工が訪ねて亡骸を見つけたそうですよ」

医者の見立てでは殺されたのは昨晩のことだという。

「お藤と同じ長屋に住み、しかも、どちらも昨晩に殺されている。これは偶然かな」

源太郎が首を傾げると、

「それが、気になることがわかったんですよ」

京次は長屋の住人の聞き込みで、岩五郎とお藤が共に河合右京介の屋敷に出入りし、奉公していたという。

源太郎が、

「お藤は星雲館に通い始めたそうですね。それを誘ったのは父上だとか」

「その通りだ」

下手人は河合右京介であろうか。

とすれば、自分がお藤を死地へと誘ったことになる。胸が塞がれる思いだ。

「以前に申したが影御用ゆえ内密にしていたが、わたしは二人の徒目付の死について探索を行ってきた。大峰九郎兵衛殿と坂東与三郎殿の死についてだ。お二方の死を探索するうちに河合右京介さまが大いに関わっていることがわかった」

源之助は河合の人変わりを語り、かつての河合を知る岩五郎とお藤から以前の河合について話を聞いたことを語った。

「お藤などは、話を聞くだけではなく、星雲館にまで連れて行き、河合さまと言葉を交わさせた」

「では、岩五郎とお藤を殺したのは河合さまですか」

半信半疑で源太郎が問うてきた。

「わからん。お藤が知る河合さまは偏屈で人嫌い、奉公人には厳しくぞんざいに扱い、奥方さまに手を上げることもあったとか。ところが、今の河合さまは人当たりがよく、慈悲深く、町人であろうと分け隔てなく学問を講義なさる」

「まるで別人だあっ」

京次が素《す》っ頓狂《とんきょう》な声を上げた。

「そう、まるで別人なのだ。お藤と岩五郎が殺されたということは、以前の河合さまを知る者を生かしてはおけないということかもしれぬ」

「父上、それでは河合さまは以前のご自分を知られることを嫌ったのでしょう」

「本人が知られたくはないのか、それとも周りに知られると都合の悪い者がいるのかもしれぬ」

「では、河合さまの星雲館に通う者の中に下手人がおるということですか」

源太郎が問いかけ、

「蔵間さま、下手人の見当がついていらっしゃるんじゃござんせんか」

京次は焦《じ》れた。

「見当はついておる」

源之助が答えたところで、源太郎が、

「教えてください。すぐに捕らえます」

「まあ、待て。証《あかし》がない」

源之助が諫《いさ》めると、

「そんなこと言ったって」

源太郎は面白くないように呟いた。

「まずは、わたしに任せてくれ。わたしが必ず、その者を捕縛できるように整える。なあ、おまえの気持ちはよくわかるが」

「父上のたっての願いとあれば、逆らうことはできませんが、それでも、わたしはこのところ」

源太郎は焦りを示した。

「蔵間さま、源太郎さんの焦りも無理からぬことですよ」

京次も訴えた。

「まあ、任せてくれ」

源之助の頼みとあれば、源太郎も京次も従うしかなかった。

四

あくる九日の早朝、源之助は妙寛寺の庵《いおり》に蒲田鉄太郎を訪れた。蒲田は源之助の訪

問を予期していたのか落ち着いた様子で、

「まあ、上がれ」

と、招いた。

小上がりになった板敷に腰を落ち着け、源之助と向かい合う。

ゆっくりと茶を喫しながら、無言のうちに来訪の目的を目で問うてきた。

「かつて河合さまの御屋敷で女中奉公していたお藤と学問所を建てた大工岩五郎が殺された」

源之助が二人の死を報せると、

「それは気の毒なことであったな」

他人事《ひとごと》のように蒲田は返した。

「殺したのは貴殿か」

いきなり問いかけた。

「面白いことを申すものだな」

蒲田は返した。

「殺された者からすれば面白いではすまされぬぞ」

源之助は目を凝らした。いかつい顔がきわだった。しかし、蒲田は臆することなく、

「それはそうだろう。わしが面白いと申したのは、八丁堀同心の身でありながら、なんら証がないのにわしを下手人扱いすることだ。わしは二人の者など知らぬ。したがって、殺す理由がない」

「いや、理由はあるぞ」

堂々と反論を加える。

「ほう、では聞こうか」

「河合右京介さまを守るためだ。貴殿は河合さまを探る隠密だと称したが、実のところは河合さまを探る者を排除するのが役目、つまり、河合さまを守っておるのだ」

ずばり源之助は言った。

「御前さまを守る……。さすがに八丁堀同心の目は節穴ではないな。確かにわしは御前さまをお守り致しておる。わしの命に代えてもお守りする。それにふさわしいお方であるからな。しかし、高々《たかだか》町人二人、女中と大工が御前さまにどれほどの脅威となろう。そんな者たちをどうして殺す必要がある」

「それは、知られてはならない秘密を河合右京介さまはお持ちになり、お藤と岩五郎が生きておっては、その秘密が明らかとなるからだ」

「秘密だと、一体どんな秘密だ」

蒲田は挑むような目を向けてきた。

「河合さまは星雲館を開設する以前と以後ではお人が変わった。ある日、天啓を得られたかのようだ。その天啓とは何か。それは、キリシタンへの入信」

ずばりと指摘すると、蒲田は面《おもて》を伏せ黙り込んだ。源之助が鋭い目を向け続けていると蒲田の両肩が小刻みに震えた。それからがばっと顔を上げ、腹を抱えて笑い始めた。

「なんだ」

むっとして問いかけると、

「あまりにも馬鹿げたことを大まじめに語るものだからな」

蒲田は肩を揺すって笑った。

「笑って誤魔化《ごまか》すか」

むっとして源之助が返すと、

「御前さまはキリシタンなどではない。いくら、人が変わったとは申しても、キリシタンなどに入信なさったわけではない。一体、何を考えていることやら」

源之助が返そうとしたところで、

「御免」

と、妙全が入って来た。

「御坊、よきところへまいられた」

蒲田が招き寄せると、妙全はいぶかしみながらも蒲田の横に座った。

「蔵間殿がな、河合さまがキリシタンに入信されたと疑われておるのだ」

蒲田が言うと、

「まさか、どうしてでございますか」

妙全は呆れたように眉根を寄せた。

「驚くばかりであろう。まったく、八丁堀同心殿の考えることといったら、困ったものだ」

蒲田が返すと、

「まったくですな。宗門改帳《しゅうもんあらためちょう》でも明らかですよ。河合さまは浄土宗の信徒でいらっしゃいます。実際、当寺は河合家の菩提寺でございますぞ」

妙全の言葉を受け、

「キリシタンは日本のように八百万の神を認めぬ。異教徒の墓に詣でることはない」

蒲田は念押しした。

詳しい教義はわからないが、河合をキリシタンと決めつけるにはなるほど証拠がない。河合の人変わりをキリスト教に入信したからだと源之助が勝手に推量しただけだ。水野忠邦と草野兵部が隠れキリシタンを摘発しようとしている動きの影響を受けてのことだ。

「それから、妙全殿、蔵間殿はな、わしに人殺しの疑いをかけておられる」

「なんですと」

妙全の声が裏返った。

「殺しがあったのは一昨晩とその前の夜だそうだ。わしは、御坊と碁を打っておったと覚えておるが。そうであったな」

「その通りです。夕餉の後、蒲田さんとは碁を打っておりましたぞ」

間違いないと強い口調で妙全は証言した。

蒲田がお藤と岩五郎を殺したという証拠もない。

きっと、蒲田は強い調子で源之助の不手際をなじるだろう。北町奉行所に河合を通じて抗議するかもしれない。

蒲田の怒声を覚悟し、源之助は黙り込んだ。

しかし、

「蔵間殿、いくらわしが浪々の身にあるとは申せ、殺しの濡れ衣を着せるとはひどいではござらんか」

　意外にも蒲田は怒っていない。

　いや、内心では怒っているのかもしれないが、平静を保っている。余裕の笑みすら浮かべ、鷲鼻を指でこすっていた。

　このゆとりは、なんだ。

　殺しの嫌疑をかけられることを待っていたかのようだ。

　そう、蒲田は源之助が訪ねて来るのを待ち構えていた。覚悟を決め、源之助と対決するつもりでいたのだ。それが、あまりにも不甲斐ない源之助の探索ぶりに安堵し、拍子抜けしたのではないか。

　劣勢に立った源之助に、

「弥生になり、安房からやって来たばかりで門前町やご近所のみなさんと親しもうと、粥など炊いておったに、寺社奉行水野左近将監さまから賭場を開帳しておるなどととんでもない疑いをかけられた。御公儀は当寺に何か恨みでもあるのでしょうかな」

　妙全も怒りを募らせた。

　こうなると蒲田も嫌悪むきだしとなり、

「蔵間、帰れ！」

これ以上、反論する余地はなかった。

軽く一礼し、無言のままに立ち去る。

妙寛寺の山門を出たところで源太郎と京次が待っていた。

「いかがでしたか」

源太郎が待ちきれない様子で問いかけてきた。

「まずまずだ」

源之助はにやりとした。

源太郎と京次は顔を見合わせる。

「わたしが、河合さまにキリシタン入信の疑いをかけ、蒲田に岩五郎とお藤殺しの嫌疑をかけたところ、蒲田は冷静に否定しおった。いかにも余裕たっぷりにな」

源之助が答えると、

「それでも、蒲田を疑うのですか」

源太郎に問い返され、

「河合さまのキリシタン入信は見当違いかもしれんが、蒲田がお藤と岩五郎を手にかけたのは間違いなかろう。待ってましたとばかりの応対ぶりだったからな、それがかえって怪しい」

「すると、河合さまがお人が変わったというのは、信心のせいではないということでしょうか」

「謎が増えたということだ。すなわち、河合さまのお人変わりのわけと蒲田によるお藤と岩五郎殺しのわけは、なんだったのか」

源之助が疑問を呈すると、

「まさしく、なんだったのでございましょう」

源太郎と京次は考え込んだ。

「お藤と岩五郎が殺されたのは、以前の河合さまを知るからだ。そして、それには絶対に表沙汰にはできない秘密があるに違いない」

改めて源之助が言うと、

「いっそのこと、奥方さまに河合さまに会いに行ってもらったらいかがですか」

京次の提案を、

「奥方さまは離縁された家には行きたがらないだろう。一応、奥女中には星雲館を覗くよう頼んだが、了承の返事はない」

「やっぱり、離縁された嫁ぎ先には行き辛いでしょうね」

自分で言っておきながら京次も頭を掻いた。

「ともかく、まずはお藤と岩五郎殺しの聞き込みをせよ」

「わかりました」

源太郎は素直に応じた。

「ところで、蒲田と妙全、言いがかりをつけられたということで、御奉行所に抗議をすることはありませんかね」

京次が危惧を示すと、

「それはあるまい。藪蛇《やぶへび》になるようなことはすまいよ」

「父上、河合さまが妙寛寺で学問所を開くことに、蒲田と妙全はなんの利があるのでしょう」

「そこだな。それも、大いなる疑問点だ。してみるとやはり河合右京介さまのお人変わりが鍵を握っているに違いない。徒目付大峰九郎兵衛殿と坂東与三郎殿が自害に及んだのも河合さまのお人変わりが関わっているのかもしれん。本来はそれが影御用であった。河合右京介というお方に惑わされ、回り道をしてしまった」

源之助は妙寛寺の山門を振り返った。

「隠れキリシタンといえば、義兄上、成果が上がらず困っておいでてございます」

源太郎が言うと、

「そのようだな」

源之助は苦笑を漏らした。

「隠れキリシタン、まったく、厄介なものでござんすね」

京次も手を挙げた。

源之助が庵を出て行くと蒲田と妙全は手を叩いた。二人で源之助の不手際を思う様、なじる。

「もう少しできる男だと思ったが買い被りでありましたな。なんの証もたずにおれを殺しでお縄にする気であったとは笑止千万」

蒲田が鼻で笑うと、

「しかし、河合さまが隠れキリシタンだと疑った時はぎくりとしましたな」

妙全は胸を撫で下ろした。

「当て推量ですよ。もっとも隠れキリシタンを使って我らは大儲けを企んでおるのですがな。そこまでは蔵間に気付かれることはありますまい。ですが、河合さまも、ここらが潮時……」

蒲田は言葉を止め、妙全に賛同を求めた。

「決断していただかなくてはなりませんな。心優しいお方だけに、辛い決断でしょうが」

「仕方ありませんよ。河合右京介として生きる決意をされたのはあの方、ご自身なのですから」

蒲田の言葉に妙全も首を縦に振った。

五

源之助は神田三河町《みかわちょう》にある目付草野兵部の屋敷を訪ねた。

草野は屋敷の奥書院で会ってくれた。

「蔵間、いかがであった」

期待の籠った目を向けられたが、

「申し訳ございません。あいにく、まだ探索が終わっておりません」

源之助が詫びると、

「北町の敏腕同心でも手こずっておるのか」

と、苦笑を漏らした。

「とっかかりは摑めたつもりでございます」

「河合さまの罪業、わかったのか」

草野は淡々と問いかけてきた。

「罪業などないのです」

「摑めておらぬということか」

「わたしの調べが足りぬということも考えられますが、それよりも今の河合右京介さまは聖人君子のごときお方でございます。そんなお方をなんら恐れることはないのです」

「ならば、どうして大峰と坂東は自害したのだ」

「可能性として考えられることは、河合さまの過去に恐れをなしたのかもしれません」

河合が星雲館建設を境に人が変わったようになったことを話した。

「別人のごときか。しかし、いかなる過去があろうと徒目付二人が自害するほどのことがあろうかのう」

草野が首を捻るのも無理はなかった。

「何やら、雲を摑むような話でございます」

「まったくじゃな」

「それで、わたしは思ったのです。お二方が自害したのは河合さまを探索したからではないのではと」

「どういうことだ」

草野の目が暗く淀んだ。

「もう一度、お二方の探索について見直さなければならないと思っております。草野さま、坂東さまのお内儀に紹介状をお書きください」

「そなたに任せたのだ。そなたのやり方で思うさま探索をするがよい」

草野は受け入れた。

草野の紹介状を持って源之助は坂東与三郎の屋敷へとやって来た。御徒町に軒を連ねる組屋敷はおしなべて百坪の敷地である。その一角に坂東の屋敷はあった。

訪ないを入れると妻の栄枝《さかえ》が会ってくれた。

「お内儀、遅くなりましたが」

源之助は仏壇に線香を上げ、栄枝に悔やみの言葉を伝える。

栄枝は挨拶を返した。

「ご主人の残した何か、心当たりがございませんか」

源之助が問いかけると、

「主人はお役目のことは、まったく何も話してくれませんでしたから」

「どんな些細なことでもいいのです」

源之助の問いかけに、栄枝は首を傾げしばし沈黙を保っていたが、

「これは関係があるのかどうかわかりませんが」

申し訳なさそうに断りを入れてから、

「大峰にすまないことをした、と漏らしたことがございました」

「大峰殿とはご主人の相方でいらっしゃいますな。そのお言葉、ひょっとして河合右京介さま探索の後に申されたのではございませぬか」

「その通りです」

栄枝は首を縦に振った。

「ご主人、河合さまの探索で大峰殿に何か負い目を抱かれたのですか」

「おそらくは、そういうことだと思います」

「お内儀、それは何でしょう。わたしには役目ではなく、個人的なことのように思え

て仕方がないのですが」

源之助はここまで言って言葉を止めた。

栄枝は目を伏せた。

第四章　策士目付

一

水無月の十五日、妙寛寺の本堂で河合右京介の学問所、新星雲館が開設されたとあって、昼八つ半（午後三時）になって源之助も覗いてみた。

あいにく、朝から雨が降っているせいか本堂の中は半分ほどの入りである。猛暑が続いたためいい暑気払いになり、源之助には恵みの雨のような気がした。

新星雲館には武士はできるだけ遠慮するように告知され、このため、町人たちが学びにやって来る。塾頭として蒲田鉄太郎が新星雲館の指導に当たっている。学問に目覚めた町人たちにはまことありがたい学問所であった。

「おまえたちだってな、学問を身に付ければ、武士にもなれる。立身できるのだぞ」

盛んにみなを鼓舞している。

町人たちは鼓舞されて目を輝かせる者もいるが、ほとんどの者はおっかなびっくりといった様子である。

見回したところ、河合屋敷の星雲館に通う者はいない。新たに募集したようだ。ざっと百人余りもいようか。日焼けした男が目立ち、江戸の言葉ではない訛《なまり》が聞き取れる。やり取りを聞いていると安房出身の者たちのようだ。河合家の知行地は安房にあることから、河合右京介に親しみを覚えているのかもしれない。

境内には安房の者たちが寝泊まりできるよう仮小屋が用意されているそうだ。

源之助が本堂の隅《すみ》で座っていると、蒲田がゆっくりと歩み寄って来た。

「すっかり、馴染みの顔になったな、蔵間さん」

どっかと腰を下ろした。それからみなを見回して、

「八丁堀同心殿もみなの学びぶりを期待しておられるぞ」

と、言い放つ。

渋面を作る源之助に、

「そう、怖い顔をするな。町人が学ぶということは八丁堀同心としてもうれしいはずだぞ」

「むろん、わたしも喜んでおる。町人のみなが進んで学んでおるのならな」

源之助は睨んだ。

「わしが無理に学ばせておるとでもいうのか。どうも、貴殿はわしによい印象を持っておらぬようだな」

「つかぬことを聞くが、ここは無償であるのだな」

「むろんだ。河合さまは学ぶ者から銭金を取る必要はないとのお考えゆえな」

「ところがな、みな、寺銭《てらせん》は支払わされておるではないか」

「強制ではない。賽銭《さいせん》だ。寺なのだからな」

蒲田は当然だと言いたげだ。

それからおもむろに、

「蒲田殿、房州浪人ということであるが、どこのご家中であった」

「何処でもよいではないか。貴殿とは関係ない」

にべもなく蒲田は答えることを拒否した。

「話したくなければ、問いませぬが、では、河合さまとはどうやって知り合われたのだ」

「星雲館が出来てから通うようになり、それで、親しくなった。おい、おい、まだ殺しの濡れ衣が晴れぬのか」

蒲田の不快さを助長するように屋根を打つ雨音が高まる。

「河合さまが星雲館を開いたのは卯月のこと、すると、星雲館に通って早々に親しくなられたのですな」

「いかにも。まあ、申してみれば、出会うことが定めであったということだ」

蒲田はうそぶいた。

「なるほど、定めというものでござるか」

「では、これにて」

話はすんだとばかりに蒲田は切り上げた。

蒲田が立ち去ると河合が入って来て、講義を始めた。みな、話を止め、講義に耳を傾けた。

本堂の端に武士が座っている。羽織袴の身形《みなり》はきちんとしており、背筋をぴんと伸ばして正座する姿は武士の品格を漂わせている。

どうにも気にかかり、そっと側に寄ると源之助は名乗って挨拶をした。侍は源之助を見返し、

「大番頭神尾元義《かみおもとよし》である」

武士は名乗ってくれた。

大番頭、将軍直属の軍団を統《す》べる番方最高の役職者であり、河合右京介の上役であった。

「河合の奴、随分と変わりおったな」

神尾は河合を見たまま呟いた。

かつての部下の変わりように戸惑いを示す神尾であったが、講義にじっと耳を傾け、身動《みじろ》ぎもせずに河合を凝視し続けた。

夕刻近く、妙寛寺を出てから、源之助は御徒町にある大峰九郎兵衛の屋敷へと向かった。雨に降り込められた往来は水溜りができ、鉛の薄板が仕込まれた雪駄《せった》では歩くに億劫だ。

四半時ほど後、組屋敷に到着すると母屋の居間で妻の利久が会ってくれた。幸い、雨が上がり、西の空に薄日が差してきた。

「本日、まいりましたのは、ご主人の同僚、坂東与三郎殿についてお尋ねしたいことがあってのことでございます」

源之助が言うと利久は身構えるように居住まいを正した。

源之助は続けた。

「坂東殿は大峰殿に悪いことをしたとお内儀の栄枝殿に申されたとのことです。何か、心当たりはございませんか」

源之助の問いかけに、

「特には……」

利久は言葉を曖昧にした。

「どうぞ、よく思い出してくだされ」

強い口調となって源之助は問いかけた。

両目をかっと見開き利久は口をつぐんだ。

「こんなことを申してはなんですが、わたしはご主人と坂東殿が自害したのは、河合さま探索に原因があるとは思えません」

「それは、どういうことですか。主人も坂東さまも共に河合右京介さま探索の後に、自害したのです。ですが、二人の死が河合さま探索に原因するとは憶測に過ぎませんし、わたくしはこれ以上、主人のことを蒸し返して欲しくもないと思っておりますので、蔵間さま、どうか主人の死はそっとしておいてくださいませ」

利久はお辞儀した。

「それはできません」

源之助は毅然と返した。

はっとしたように口をつぐんだ利久に、

「目付草野兵部さまよりも要請されております。それにこのことは他ならぬ坂東与三郎殿のお内儀からも頼まれたのでござる」

「栄枝さまが……」

利久は呟いた。

「そうです。お内儀は坂東さまの自害が納得できないのです。ですから、どうか、腹を割ってくださいませんか」

源之助は重ねて頼んだ。

利久は唇を強く嚙んだ。

「いかがですか」

源之助は詰め寄った。

「わかりました。お話し、申し上げます。ですが、今日のところは、お帰りください。気持ちの整理がつき次第、必ずお話しします。ですから、今日のところはどうぞお引き取りください」

利久は懇願した。

「わかりました」

源之助は頭を下げ、居間を出た。


しかし、帰る気はない。胸騒ぎがする。雨露をたっぷりと吸った庭の植え込みに身を潜め、半時ほどが過ぎていった。

母屋は障子が締め切られた。この暑いのに、妙だ。行灯《あんどん》の灯りを受け、利久の陰影が障子に映し出された。

源之助は迷わず、縁側に駆け上がると、居間の障子を開いた。懐剣を持った利久が驚きの顔を向けてきた。

「おやめなされ」

一喝して、源之助は利久の手から懐剣を奪い取った。

「死なせてください」

利久は甲走《かんばし》った声を発した。

「なりませぬぞ」

強い口調で怒鳴り付け、奪った懐剣を畳に放り投げた。

利久は畳に突っ伏し、肩を震わせ泣き崩れた。

「自害などしてどうするのですか」

源之助が言うと、

「わたしは、罪深い女でございます。この上、この世に生きておることなど許されぬ身でございます。どうか、蔵間さま、このまま死なせてくださいませ」

利久は言った。

「そういうわけにはまいりません」

源之助は拒否した。

「蔵間さまは、わたくしを死なせてくださらないのですか」

「死なせません。お内儀、どうか、事情をお聞かせください」

源之助が問いかけると、

「蔵間さまのことです。事情はおわかりでございましょう、おわかりの上で、わたしの自害を阻止しようと待っておられたのですね」

利久は言った。

「おおよそのことはわかります。お辛いと存じますが、お内儀の口からお聞かせいただきたい」

源之助は頭を下げた。

利久は心を落ち着けるようにして呼吸を繰り返した後、

「わたくしは坂東与三郎さまと道ならぬ恋路に踏み入ってしまったのでございます」

決意したように利久は語り始めた。

「それは……ある日、与三郎さまがお役目のことで屋敷に来られました。偶々《たまたま》、主人が留守の折でした」

その時、俄かに天がかき曇り嵐が訪れたのだそうだ。

「稲妻が走りました」

思わず利久は坂東の胸にしなだれかかった。

「与三郎さまの胸の温もりを感じ、まことあるまじきことながら、わたくしは与三郎さまへの想いが蘇《よみがえ》ってしまったのでございます。実を申せば主人に嫁ぐ前、わたくしは与三郎さまと契《ちぎ》ったことがございました。主人との縁談が決まる以前のことで、与三郎さまもわたくしも胸に秘めたまま暮らしてまいったのです」

利久は恥じ入るように目を伏せながらも、頬が紅潮し、赤く染まった。

「そのこと、大峰殿に申されたのか」

「いいえ」

「坂東殿から話されたということはござりませぬか」

「それもないと思います。ですが、主人は気付いたようでございます。それで、与三郎さまとそのことで話をし、わたくしは離縁を覚悟しました」

だが、大峰は事を荒立てることはなく穏便に済ませたのだそうだ。

「それが、思いもかけず与三郎さまは自害なさったのでございます」

利久は声を詰まらせた。

「それで、大峰殿は苦しまれたのですか」

「おそらくは」

答えたものの利久は不審そうだ。

二

「何かご不審な点がございますか。いえ、この際です。なんでもお気になったことを申されてください」

源之助が懇願すると、

「主人がどうして、わたくしと与三郎さまの不義密通を知ったのか、大変に恥を忍んで申しますが、わたくしと与三郎さまが密通に及んだのはただの一度きりのことでございました。それが、どうして主人の耳に入ったのでしょうか」

深く恥じ入りながらも、利久は疑問を抱きつづけているようだ。

「ご主人は坂東殿との密通のことを責め立てましたか」

源之助の問いかけに、

「いいえ、主人は決してわたくしのことを責めませんでした。ただ、口を閉ざし口を利こうともしませんでした」

利久は何度もわび、離縁を願い出た。

「主人は応じず、ある日、上機嫌になって箱根に湯治に行こうなどと言い出し、わたくしはなんだか針の筵《むしろ》に座らされているような心持ちでございました」

その矢先に大峰は自害したのだ。

「では、わたしに、河合さまの探索を依頼したというのは……」

源之助が問いかけると、

「わたくしを守るためであったと思います。主人はわたくしと与三郎さまの密通を隠すため河合さまの探索によって自分と与三郎さまが死に至ったのだという先入観を蔵間さまに植え付けたかったのだと思います。丁度、与三郎さまと一緒に行ったお役目が河合さまの探索であったことを蔵間さまに都合よく吹き込んだのではないでしょうか」

「そういうことですか」

「実際、河合さまはそれはもうできたお方だと耳に致します。わたくしは、河合さまの星雲館に伺ったことがございます。それは立派なお方でございました。あのようなお方が主人や与三郎さまの命を奪うことなど考えられません。それは、わたくしが誓って申すことができます」

　この時ばかりは、利久の顔は確信に満ちていた。

「辛いことを話させてしまい、申し訳ございませんでした」

　源之助は深々と頭を下げた。

　利久も源之助を見返した。

「お内儀、くれぐれも念押しを致しますが、はやまったことはなさいますな」

　強い眼差しで源之助は言った。

「わかっております」

　答えた利久の顔は憑《つ》き物が落ちたようであった。

その晩、矢作兵庫助は河合の屋敷に忍び込んだ。講堂は閉ざされ、塾生がいなくなった屋敷内は河合の一人住まいとあって、静寂に包まれている。

庭の樹木が夜風に枝葉を鳴らし、鹿威《ししおど》しの音が静けさを際立たせた。庭に面した御殿の居間は障子が開け放たれ、河合が書見している。書見台に置かれた書物をぴんと背筋を伸ばして読む姿は血に飢えた殺人鬼とは無縁だ。

やはり、河合が目潰し魔ではないのか。

それと、屋敷内には河合以外に住む者はいない。目潰し魔は矢作の追及をかわすために、逃げ込んだに違いない。

となると、地道にこの界隈を夜回りした方がよさそうだ。それに、隠れキリシタン摘発の役目もある。読売に書き立てられたことで、南町奉行所も夜回りに人員を割くようになった。

矢作には隠れキリシタン摘発を優先せよとの命令が下されたところである。

河合を探索することは命令違反と言われかねないのだが、夜回りの対象に河合が入っていない以上、自分が河合の白黒をはっきりとさせたい。

とはいえ、一晩中、ここに居座るわけにもいかない。書見する河合の姿を目《ま》の当たりにして、河合への疑惑が薄まりつつあった。

「勘繰り過ぎか」

矢作は呟き、立ち上がろうとした。

すると、やおら河合は書見を止め、すっくと立ち上がった。どうやら就寝するようだ。しかし、居間を出ると廊下を横切り、沓脱石に置かれた雪駄を履いた。

一瞬にして矢作の胸に緊張が走る。

身を屈め、河合の行動を追う。石灯籠の灯りにぼんやりと浮かぶ河合はしっかりとした足取りで庭の隅に設けられた持仏堂へと向かった。

源之助が言っていた。

大番を辞してから河合は持仏堂に籠り、誰とも会おうとしなかったと。その持仏堂に今も河合は足を運んでいるようだ。

階《きざはし》の下で雪駄を脱ぐと河合は一段、一段、踏みしめながら階を上り、濡れ縁に立つと閂《かんぬき》を外し、観音扉を開いた。軽く一礼して中に入る。観音扉が閉ざされ、格子窓から灯りが漏れてきた。

河合家の菩提寺である妙寛寺は浄土宗、念仏でも唱えるのだろうかと、耳をすませる。しかし、何も聞こえてこない。代わりに、何やらごそごそとした物音が聞こえてきた。

立ち上がり、矢作は忍び足で持仏堂へと向かう。

濡れ縁の近くまで来たところで裏門が勢いよく開いた。咄嗟《とっさ》に身を伏せる。

「御前さま」

声の主は蒲田鉄太郎である。

蒲田は大股で持仏堂まで歩いて来た。矢作は這い蹲《つくば》って石灯籠の陰に身を隠す。持仏堂から河合が出て来た。

「蒲田さん、どうなさいましたか」

「このところ、町方が不忍池から根津にかけて夜回りを強化しておりますぞ」

蒲田は気色《けしき》ばんでいるが、

「読売に動かされたのですね」

河合はいつもと変わらぬ落ち着いた物腰である。

「ですから、ここらで、御前さま、決断なさるべきです」

蒲田は強い口調で迫った。

「それは」

河合は躊躇《ためら》いを示した。

矢作は息を呑む。

何を決断せよというのだ。

「御前さま」

蒲田が詰め寄ると、

「まあ、蒲田さん、中へ入ってください」

宥《なだ》めるように河合は声をかけると、蒲田と共に持仏堂に入った。矢作は身体を起こし、持仏堂に近づこうとした。

そこで、呼子《よぶこ》の音が聞こえた。

夜空を震わせるけたたましい響きだ。

ひょっとして目潰し魔か。

目潰し魔ではないにしても捕物騒ぎであるに違いない。

河合と蒲田のやり取りが気がかりだが、それよりは捕物である。

矢作は身を屈め、小走りに庭を突っ切ると裏門から外に出た。

明くる十六日の朝、居眠り番に出仕すると源之助はいかにして目付草野兵部に報告すべきかを思案した。

いつまでも、報告しないわけにはいかない。

利久や大峰の名誉のためにも、不義密通が大峰と坂東の自害の原因だったとは報告が躊躇われる。

ならば、自害だといかに説明するか。

理由が明確ではないとしたら、草野は納得することはなかろう。

「どうするか」

ため息混じりに源之助は呟き、じりじりと時が過ぎてゆく。

それでも腹を括り出かけようとしたところで、

「御免」

引き戸が開き、草野が立っていた。

「これは、草野さま、これからお伺いしようと思っておったところでございます」

ついつい、言い訳めいた話になってしまう。

「いや、よい」

草野は気にするなと入って来た。裃《かみしも》ではなく絽《ろ》の夏羽織を重ねている。扇子《せんす》で扇《あお》ぎながら源之助の前にどっかと座った。

「大峰殿と坂東殿の死ですが、河合右京介さまは無関係であったと考えます」

まずは結論から告げた。

草野は眉間に皺を刻んだ。さては、報告に不満なのだろう。

「自害に至った理由は……」

ここまで言ったところで草野は源之助を制し、

「大峰の妻が死んだ」

草野は言った。

「な、なんと」

昨晩の利久の表情が蘇る。

「自害だ。咽喉を懐剣で突いてな」

淡々と草野は告げた。

自害はしないときちんと約束してくれたではないか。

それなのに。

やはり、不義密通の罪に耐えられなくなったのであろうか。

「遺書もあった。自分が悪いと自分を責め立てる内容が記してあった」

「そうですか……」

ついつい拳を握りしめた。

草野は、

「そなた、いかに思う。三人が相次いで自害したというのは、偶然であろうかな」

草野は言った。

「偶然などではございません」

こうなったら、包み隠さず報告しよう。

「わたしは大峰殿と坂東殿が河合右京介さま探索の過程で自害に追い込まれたものと思い、河合さまの身辺を探索致しましたが、河合さまはまったくの白でございました。よって、見方を変え、お二方の自害の原因は河合さま探索にあるのではなく、お二方の私的なことに原因があると思いました」

それから、坂東与三郎と大峰の妻利久との不義密通が原因であったと述べ立てた。

草野は沈痛な顔つきで話を聞き終えた。

「すると、利久は不義密通を恥じ、それに耐えきれなくなって、そなたに一旦、自害を思い止まるよう言われたものの、ついには耐えきれずに自害して果てたということだな」

草野の言葉に源之助は首肯した。

「そういうことだろうと思います」

悔しさがこみ上げてきた。

甘かった。

あれで、自害を思い留まってくれたと思い込んでしまった自分が情けない。一体八丁堀同心を何年やってきたのだ。

「ともかく、これで、一件落着ということか。わしとしたことが、徒目付どもの監督不行き届きではすまぬな」

草野は小さくため息を吐き、

「とにかく、河合さまを疑いの目で見たことはわしの失態であった」

「わたしも、河合さまのことを疑ってかかっておりました。それゆえ、事の真相に辿り着くことが遅れてしまったのでございます」

源之助は頭を下げた。

「もうよい。さて、どうやって上に報告するか」

目付は若年寄《わかどしより》支配下である。若年寄も河合右京介のことを疑っていたということだろう。

寺社奉行の水野も疑っている。

幕閣は揃って河合をうさん臭い男と見ていたようだが、今となっては河合右京介の真実の姿を見誤っていたことになる。

「世に神仏のごとき聖人はおらぬと申したが、それもわしの誤りであったかもしれぬな」

感慨深げに草野は言った。

「念のため、調べますか。利久殿の死を」

源之助が申し出ると、

「そこまですることはあるまい」

釘を刺すように草野は言った。

部下の醜聞が表沙汰になることを避けたいのだろう。

「承知しました」

源之助も今更利久の不名誉を蒸し返すことの理不尽を思い、草野の言葉を受け入れた。

三

草野が出て行ってから入れ替わるようにして矢作兵庫助が入って来た。

「おお、どうした」

矢作の顔を見ると、幾分か気持ちが和んだ。一方矢作の方はというと、冴えない顔つきで、

「実はこっそりと、河合さまの御屋敷に忍び込んでみたのだ」

矢作は言った。

「おまえらしい無謀なことをしたものだな。で、どうだった」

顔をしかめながらも源之助も興味が募った。

「河合さまは書見を終えられると持仏堂へ入られた。親父殿が言っていた大番役を辞されてから籠りがちとなった持仏堂だ。すると、蒲田鉄太郎がやって来てな、蒲田の奴、河合さまに町方の夜回りが厳しくなったのだから、ご決断なされよと迫ったのだ」

ここまできて矢作が話を区切ったものだから、

「何を決断せよと言ったのだ」

源之助は苛立ちを滲ませた。

「ところがな、そこへ呼子だ。南町の夜回りをしていた連中が吹いたに違いないと思って、すわ、目潰し魔かと河合さまの御屋敷を後にしたのだ」

「それで、目潰し魔を召し捕ったのか」

「根津権現の門前で浪人者を捕縛したのだがな、これが、とんだ失態だった」

浪人は夜鷹を買おうとして、夜鷹に怖がられ、言い争いになった。その騒ぎを南町の夜回りが聞きつけて駆け付け、逃亡を図った浪人を大騒ぎで捕縛したのだった。

捕物には矢作も間に合い、浪人捕縛に助太刀をしたが、

「その浪人、目潰し魔ではなかったのだ」

「自分ではないと言い張ったのか」

源之助がいぶかしむと、

「自分ではないと証言したことに加えて、そいつの腰の物は竹光《たけみつ》だったのだ。暮らしに困って大刀は質に入れ、得た銭で酒を飲み、夜鷹を買おうとしていたそうだ。まったく、情けないよ」

矢作は肩を落とした。

情けないという侮蔑の言葉は浪人に対してと同時に矢作たち南町の捕方に向けられたようで、矢作は自嘲気味な笑みを浮かべた。

「ほんと、焦るととんだしくじりを犯すものだ」

舌打ちをする矢作に、

「目潰し魔を捕縛できなかったのは残念だが、夜回りを強化したことで夜鷹の犠牲は

防がれておるのだ。そうそう、気落ちするものではないぞ」

「いささか、遅いがな」

「その浪人が目潰し魔でなかったとすると、河合さまと蒲田のやり取りが気にかかるな」

「そうなんだよ。親父殿はどう思う。蒲田が求めた、夜回りが強化されたから決断されよとはいかなる意味だろうな」

「目潰し魔に関連して、河合さまになんらかの決断を迫るのだろうが、果たしていかなることとやら、まるで雲を摑むようだな」

源之助も見当がつかず、顔をしかめた。

「雲を摑むといえば、隠れキリシタンもなんだ。上はおれに隠れキリシタンの探索をうるさく命じてくるんだが、いくら探索を重ねても、尻尾すら見えてこない」

と、ぼやいた。

「なんの手がかりもないのか」

源之助が問いかけると、

「さっぱりだ」

矢作は頭を搔いた。

「水野さまは何かおっしゃっておらんのか」

「それがな、水野さまのことだから、きっと、毎日のように督促されるとばかり思っていたんだがな、水野さまからも、どうこういうご指示がない。摘発の不発で懲りてしまわれたのかもしれんぞ」

矢作は頭を掻いた。

「おまえが言っていたように、はなからキリシタン摘発など狙っておられなかったのかもしれんぞ」

「すると、妙寛寺の賭場の摘発も狙っていなかったということか。すると、水野さまの狙いはなんだ」

「わからんな」

「親父殿でもわからんか」

「見当くらいはついておる」

「なんだ」

「炙《あぶ》り出しだ」

「炙り出しとはどういうことだ」

「水野さまにとっての真の敵だな」

「誰だ」

　矢作は興味を引かれたようで身を乗り出した。

「今は申せぬ。それよりな、わたしも、今夜、河合右京介さまの御屋敷に忍び込もうと思う。おまえ、一緒に来るか」

　源之助は話題を変えた。

「望むところだが、親父殿、どうした。親父殿が河合屋敷に忍び込むのは、河合さまと目潰し魔の関わりを疑ってのことではないのだろう」

　戸惑う矢作に、

「目潰し魔を疑ってのことではない。影御用である河合右京介さまの身辺を探索する、はっきり申せば素顔を暴くために忍び込む。目下《もっか》のところ、河合さまは真っ白だ。たった今、目付草野兵部さまにも申し上げたばかりだ。草野さまも納得なさった様子であった」

「ならば、河合さまを何故探る必要があるのだ」

　探索がうまくいかない不満を矢作はぶつけてきた。

「真っ白だからだ。目付草野兵部さまも真っ白だと断定したからこそ、探りを入れる」

「おい、おい、親父殿までわけのわからぬ禅問答のようなことを言わないでくれ」

「すまん、すまん。白と断定されたということで隙が生じるかもしれんではないか」

源之助はにんまりとした。

「ほほう、そりゃ、面白そうだな」

矢作はしめしめと舌なめずりをした。


その晩のこと、源之助と矢作は河合屋敷へとやって来た。裏門の前に潜んで、しばし様子を窺う。

屋敷の中は森閑としていた。

「入るか」

早速、矢作は言った
「まあ、焦るな」

源之助は引き留める。

「どうした、何か待っているのか」

矢作が言った。

「まあな」

源之助は答えた。

「なんだ」

矢作が聞いたところで、

「黙れ」

源之助は矢作を黙らせ、柳の木陰へと引っ張って行った。すると、裏門に駕籠《かご》が付けられる。

矢作は目を凝らした。

裏門が開き、蒲田鉄太郎が出て来た。駕籠の引き戸が開けられ、武士がすっくと立ち上がった。

「目付草野兵部さまだ」

源之助は矢作の耳元で囁いた。

「河合さまを探らせておられた張本人ではないか」

小声で矢作が返すと、

「だから、面白いと申したであろう」

源之助はにんまりとした。

「なるほど、こりゃ面白くなってきたぞ」

矢作も手をこすり合わせた。

四

源之助は築地塀越しに枝を伸ばす松の枝を辿って庭に下り立った。ところが、矢作は急ぐ余り百日紅を伝った。名前の由来となった猿が滑るという木肌ゆえ、枝から落ち、尻をしたたかに打ちつけてしまった。幸い、地べたに雑草が生い茂っていたためさほどの音は立たずにすんだ。

尻をさすりながら、平気だと強がりを言って矢作は立ち上がった。

星雲館が暗闇に陰影を刻んでいる。加えて持仏堂もひっそりとしていた。

二人は躑躅《つつじ》の陰で息を潜めた。

講堂を巡る回廊に腰を下ろし、草野と蒲田は言葉をかわした。

「河合さまの疑い、晴れましたか」

蒲田が言った。

「最早、疑う者はおらぬ」

自信満々に草野は答えた。

「うまく、いったのですな」

「そなたもよく働いたのう。大峰を首吊りに見せかけて殺し、坂東はわしが教えてやった大峰の女房との不義密通をネタに脅して自害に追い込みおった」

草野が称賛すると、

「しかし、それらの段取りを整えたのは草野さま。草野さまは、蔵間を河合さま探索からそらすために、大峰と坂東の死が不義密通にあったと推量するように仕向けなさった。隠れキリシタンの巣窟が安房ではなく、江戸にあると水野さまに思わせたように、まこと策士でござります」

「しかし、大峰の妻が自害するまでは考えておらなんだ。お蔭で、大峰と坂東の死が河合殿探索ではなく不義密通に原因した自害だと蔵間に信じ込ませることができたがな」

「さすがでございます」

「わしの策は所詮は策に過ぎぬ。しかし、河合右京介殿は違う。蔵間であろうと誰であろうと河合殿をいかに探索しようが、悪事など微塵も見つけ出すことはできぬ。何故なら、河合殿は常に素を晒しているのだからな」

草野の言葉に蒲田は賛同し、

「草野さま、これからですぞ。これからが本番でござります。大量の抜け荷品が入ってまいります」

「隠れキリシタンも使いようだ」

楽し気に応じてから草野は、

「河合殿はいかがされておるのじゃ」

「相変わらず……」

蒲田が答えたところで、河合右京介が歩いて来た。

「これは、夜分、お邪魔をしております」

草野が一礼すると、

「ようこそおいでくださいました」

相変わらずの鷹揚さで河合は返事をした。

「河合殿、あらぬ疑いをかけ、不愉快な思いをさせたこと、お詫び申し上げる」

草野は頭を下げた。

「いえ、草野殿はお役目でなされたこと。詫びられることではござらん」

相変わらずの丁寧さで河合は返す。

「それにしても、町方の蔵間源之助、執拗な男でござります」

蒲田が危惧すると、

「今も申したように河合殿をいくら探ろうが、なんら悪事は明らかとなるものではないゆえ、蔵間のことは心配に及ばぬ。水野さまに向けては、蔵間もまだまだ使いようはありそうだ」

草野の口調は厳しい。

「水野さま、二度の失態で堪《こた》えておられるのではござらぬか」

蒲田が言うと、

「あのお方はしぶとい。まだまだ、気力旺盛であるぞ」

草野の語調が強くなった。あたかも、水野を侮《あなど》るなと言いたげだ。

「わかりました」

蒲田は表情を引き締めた。

「水野さまは、今もって我らを疑うことをやめようとはせぬ。くれぐれも油断なきように致せ」

「承知しました」

「しかと、頼む」

草野は念押しをした。

「ところで、草野殿、わたしが望む貧しい者にも学問を広めるということ、達成できるのでしょうな」

河合の問いかけに、

「むろんのことです。学問を貧しき者にまで広めるとなれば、それなりの金子《きんす》が必要となります。銭金のことは我らに任されよ」

草野は答えた。

「ならばよいのですが」

河合は夜空を見上げた。

蒲田が、

「御前さま、欲のないお方だ」

「まことであるな」

草野が応じると、

「わたしには欲がございます。わたしは欲の塊でございますぞ。この世の身分に上下なく、貧富にかかわらず学問をゆきわたらせるということは、それはこの世では望みようのない欲でございます」

河合の横顔は夢見心地となっている。それを見ていると、源之助はかえって不気味になった。無邪気に潜む悪意というものが一切ないのだろうか。

　すると河合は、

「欲がない者は始末におえぬものです」

　と、思い詰めたように言った。

「確かに、金も出世もいらぬ、更には女もいらぬなどという者は何を餌に釣ればいいのかわからぬものだ」

「草野さま、それは言い得て妙でござりますな」

　蒲田は言った。

「それゆえ、河合殿をたぶらかそうという者は悉《ことごと》く失敗するのだ」

　草野が懸念を示すと、

「欲をもって近づく者は身を滅ぼすということでござるな」

　蒲田が応じると、

「ところが、我らは欲の塊だ」

　草野は笑い声を上げた。

「まさしく」

　蒲田も愉快そうに笑う。

河合は一人、泰然自若《たいぜんじじゃく》としていた。

源之助と矢作は河合屋敷を抜け出た。

「驚いたな、草野さまと蒲田が手を組んでいたとは」

矢作が言うと、

「まったくだ。草野さまは、河合さまを徒目付に探らせることにより、河合さまの疑いを除こうとしたということだ。もっとも、河合さまはそもそも疑われるような悪事は働いておられない。だから、徒目付を入れる必要はなかったのだがな、草野さまの言う通りだ」

源之助の言葉に、

「草野兵部さまというお方、策を弄し過ぎだ。いずれ、策士策に溺れる、ということになるのじゃないか」

矢作は草野への反発心を強めた。

「わたしが気になるのは、お藤と岩五郎殺しだ。蒲田の仕業と睨んでおるが、殺しの動機がわからん。だが、見当はついておる。河合さまの人変わりに関係するとな」

「以前、親父殿は河合さまがキリシタンに入信したのではないかと考えておったな」

矢作が言うと源之助はそれは間違いだったと言い添えた。

「となると、蒲田が二人を殺したとして、河合さまの人変わりについて、岩五郎とお藤はその理由を知っていたかもしれんということか」

源之助もうなずく。

「それはなんだ」

「わからん」

「直接、河合さま本人に糾《ただ》すか」

矢作らしい考え方である。

「いや、それはよくないな」

「なら、どうするよ」

「そうだな」

源之助が考え込むと、

「親父殿らしくはないぞ。親父殿が憚《はばか》られるのなら、おれが聞いてやる」

矢作は再び、裏門へと向かった。

「やめろ」

源之助は矢作の袖を引いた。

矢作は怒りの形相で振り返る。相変わらず血の気の多い男だと、源之助も渋面を作り、

「やめんぞ」

と、言った。

「わかった。わたしが会う。わたしに任せろ」

「親父殿が会うというのなら、おれに異存はない」

矢作は折れた。

「ならば、ここで待っておれ」

源之助は言い置いて裏門へと向かった。


源之助は御殿の書院に通された。

夜分の訪問の非礼を詫びてから、

「本日、まいりましたのは河合さまのお人変わりについてでございます」

源之助が河合を見据えると、河合は相変わらずの穏やかな表情で、眉一つしかめるでもなく、

「わたしの人変わりとは」

「河合さまは星雲館を建てる頃から、お人が変わられたとか。それ以前は人との付き合いをなさらない、偏屈なお人柄であられたとか」

無遠慮に過ぎると思ったが、河合の温厚さがそう訊かせてしまった。

「なるほど、人によってはそのようにわたしのことを評価なさるお方もおられるでしょう」

怒ることもなく河合は答えた。

「いかがですか」

「さて、そう指摘されましても、わたし自身は特に意識したわけではありません」

けろりと答えた。

「特別、意識しておられないと申されるか」

「はい」

「嘘を吐いておられるのではございませぬか」

「わたしは嘘は申しません」

河合は怒っているのでもない。

そうだ。

本音を引き出すには相手を怒らせることだ。人間、感情が高ぶれば平静を忘れ、つい本音が出てしまうものである。

源之助は薄笑いを顔に貼り付かせた。

河合はわずかに怪訝な表情となった。

「嘘でしょう」

下卑《げび》た物言いをしてあぐらをかいた。河合は膝を崩すことなく平静である。

「わたしはね、十手《じって》御用を三十年以上やっているのです。その間、いろんな悪党を召し捕り、また付き合ってきました。悪党ばかりではない。善人だってね、います。でもですね、根っからの善人、生まれついての悪人などという者はおりません。わたしはそう思っております。盗人にも三分の理、仏の顔も三度まで、かく申すわたしだって、善行ばかり積んできたわけではありません。つまり言いたいことは……」

ここまで言ったところで、

「つまり、蔵間さん、虫も殺さぬ、または欲のない素振りを示しながらも、わたしにも裏の顔があるはずだ、そうおっしゃりたいのですね」

河合は言った。

「それもあります。それよりもお人変わりの事情を知りたいのです」

「ですから、わたしは自身は変わったつもりはございません」

河合は繰り返す。

「ですから嘘つきだと申しております」

「堂々巡りですな」

「人変わりしたのでないとしたら、河合さまは以前と以後では別人ですか」

「今度はそんな奇想天外なお話ですか。いや、八丁堀同心殿とは突飛なお考えをなさるものでございますな」

「明らかにお人が変わっているというのに、そんな気持ちはないとしたら、人そのものが変わったとしか思えませぬ」

「そうですかな」

「河合さま、お酒は召し上がりますか」

「下戸《げこ》です。蔵間さんはお好きなのですか。いや、お強いでしょう」

河合はこの時ばかりは表情を緩めた。

「それが、見かけ倒しなのです。このいかつい面相ゆえ、大酒飲みと思われがちなのですがな」

「下戸ですか」

「下戸ではございませんが、強くはありませんな。これでも、酒の席の付き合いもあり若い頃は随分と飲む鍛錬を積んだのですが、こればかりは上達しませんでした」

源之助は頭を掻いた。

「それは、それは、大変でしたな」

「河合さま、お若い時分にはお酒を召し上がったのですか」

「いや、取り立てて飲みませんでしたな」

河合は微笑んだ。

「では、武芸の方はいかがですか。大番でいらしたのですから」

「多少は」

「流派は」

「直心影流《じきしんかげりゅう》を学びましたが、あいにくと武芸の方はそれほど熱心ではございませんでしたな」

自嘲気味な笑みを浮かべ河合は答えた。

「大番役をお辞めになられたのはいかなるわけでございますか」

「向いていないと思いました」

「ほう、向いていない」

「そうです。今、申しましたようにわたしは武芸の方には興味がなく、熱心になれませんでした。それゆえ、これ以上、上さまをお守りするお役目を担うことはできぬと判断したのです。それで、学問に没頭しました」

「学問に没頭しておられたのが、学問所を構えて、学問を広めようとなさったのはいかなるわけでございますか」

「学問を積むうちに、自分一人が学問を習得することの身勝手さを思ったのです」

「なるほど、それで、星雲館を建てられ、広く町人たちに学問を広めようとなさったのですな」

河合の行いは称賛に価するものだ。

しかし、違和感は拭えない。

「何か不審な点でもございますか」

河合が問うてきた。

「いえ、実に誠実なお方、一点の曇りなきお方だと拝察致します」

「それは誉めすぎです。蔵間さんらしくはないですよ」

「なるほど、わたしは無骨者、お調子者ではござらん。しかし、わたしの目から見ましても、河合さまはできたお方です」

源之助は盛んに誉めたが河合は乗せられることはなく淡々とした調子で、

「強いて申せば、向いているということですな」

「向き不向きですか」

「蔵間さんは八丁堀同心という役目が適職なのでしょう」

「そんなこと、考えたことはございません。向きとか不向きとか、ただただ、これが自分の役目だと疑問など感じずにやってまいっただけです」

「ご立派だ」

「他に能はございませんのでな」

「謙遜ですね」

源之助は肩をすぼめた。

小さく河合は笑った。

「謙遜などではございませぬ。わたしは、向き、不向きなどと考えてこの役目を行ってきたことはございません。ただただ、この役目に全力を尽くすことのみを考えて、まいったのです」

「向き、不向きなど考えぬ……、思えばわたしもそうしてきましたね」

淡々と河合は言った。

ふと大番頭神尾元義のことを思い出した。

講義する河合に熱い視線を注いでいた。かつての部下の変貌ぶりをどう思ったのだろう。

五

あくる日の早朝、源之助は番町にある大番頭神尾能登守《のとのかみ》元義の屋敷を訪れた。

広々とした屋敷の庭には弓場があり、神尾は弓を引いていた。片肌を脱ぎ、筋骨隆々の上半身で弓を引く姿は将軍直属の武士団を率いる大番頭の気概に満ちていた。赤銅色《しゃくどういろ》に日焼けした肌が汗ばみ、的に向ける鋭い眼光は泰平を貪《むさぼ》る武士とは隔絶している。

弓の稽古を終えて、

「蔵間と申したか、弓を引いてみよ」

神尾は弓を向けてきた。

「いえ、それは畏れ多いことにございます」

遠慮したが、

「やってみせい」

神尾は承知せず、

「わかりました」

しかたなく、源之助は弓を受け取った。羽織を脱ぎ、小袖の片肌を脱ぐ。弦《つる》の張りが強く、容易に引くことはできない。神尾の視線を感じながら矢を番《つが》えて的を見た。陽炎《かげろう》が立ち上り、的は揺らめいている。

狙いが定まったところで強弓を引いたが、矢は的を外れるどころか、届きもしなかった。恥ずかしさと情けなさでかっとなり、二本めを番える。

今度は的に届きはしたが大きく右に外した。

三本めは左に外れ、四本めは上過ぎた。両耳を襲う蟬時雨《せみしぐれ》が嘲笑しているかのようだ。全身、汗みずくとなり次々と矢を放ち、ようやくのことかろうじて的の端に矢が突き立った。

ほっとした安堵と共に喜びが湧いてきた。

「その辺でよかろう」

神尾から声がかかった。

「面目次第もございません」

源之助は頭を下げた。

次いで、手巾で汗を拭い単衣《ひとえ》に袖を通し、絽の夏羽織を重ねる。

「なに、日頃の鍛錬こそが大事、いきなり矢を番えよと言われてもできることではないな。座興が過ぎたようじゃ。それより、何用じゃ」

神尾は上機嫌である。

「河合右京介さまのことをお伺いにまいりました」

源之助は言った。

「河合……」

神尾の言葉がぐっと詰まり、目元が険しくなった。河合に対してよからぬ気持ちを抱いているようだ。

「妙寛寺で開設された新星雲館にいらしておられましたな」

「うむ……かつての部下が学問所を開いたと耳にし、気にかかり訪れてみた」

「河合さまのこと、お聞かせいただきたくお願い申し上げます」

神妙に願い出た。

「河合右京介、厄介《やっかい》な男であったな」

呟くように言うと、家臣に命じて松の木陰に床几《しょうぎ》を据えさせた。源之助を誘って、木陰に行く。神尾が床几に腰を下ろしたところで女中が冷たい麦湯を運んで来た。源之助の分もある。

神尾から勧められ、麦湯を飲んだ。咽喉《のど》が鳴り、渇きが癒される。いい具合に風が吹いて涼を味わうことができた。

源之助は床几に座る神尾の横で片膝をついた。神尾はおもむろに河合について語り始めた。

「河合は、そうじゃのう」

かつての部下について語ることを躊躇《ためら》っているようだ。

「人付き合いが苦手のお方であられたとか」

話を引き出そうと源之助が言葉を添えると、

「苦手ではすまなかったな」

神尾の表情が強張《こわば》った。

「どういうことでしょう」

「あいつはな、無類の酒好き、しかも、酒癖が悪かった」

「河合さま、下戸ではなかったのですか」

意外な思いで問いかける。

「下戸ではないどころか、大酒飲みであった。いや、酒なしではやっていけないようだったな。初めのうちはいいのだ。それは楽し気にそして、愉快に同僚どもと酒を酌み交わす。それが、酒が進むにつれ、周囲の者たちに絡み始め、そして、ついには喧嘩沙汰を引き起こす」

「まことでございますか」

「まことじゃ」

むっとして神尾は答えた。

「これは失礼致しました」

詫びてからもっと詳しい話を聞きたいと繰り返した。

「何しろ、あまりの酒癖の悪さでな。目に余るものがあった」

神尾の河合批判は止まらない。

「武芸はいかがでしたか」

「武芸などと呼べるものはあいつにはない」

河合の眉間に皺が刻まれる。

「直心影流の使い手ではないのですか」

「確かに腕はそこそこに立った。しかし、いかんせん、酒に酔うと刀を側《そば》には置いておけなかった」

益々、意外なことである。

「酒癖が悪く、大番の御役目など到底務められるものではない。あやつが大番入りをしたのは亡きお父上のお陰であったとは公然の秘密でな」

「なるほど、そういうことですか」

まるで今の河合からは想像できない姿である。

「では、学問はどうでしたのか。お好きであったのですか」

「あいつが学問好きなどと聞いたことがない」

神尾は舌打ちをした。

「学問は好きではなかったと」

「あいつは昌平坂の学問所を素行の悪さによって、出入り止めになったのだぞ。そんな男が町人ども相手に学問を講義していると聞き信じられぬ思いで妙覚寺を覗いたのじゃ」

神尾は憤った。

「ほう、昌平坂の学問所を出入り止めですか」

「そうだ」

「そこまでの不行状には何かわけがあったのではございませぬか」

源之助の問いかけに、

「それは……」

言いかけて口を閉ざした神尾は明らかに語ることを躊躇っている。

どうやら、ここが胆《きも》、河合右京介、人変わりの真相が眠っているようだ。

「帰れ」

突如として不機嫌となり、蚊や蝿を掃うように神尾は右手を振った。

「お話をお聞きするまでは帰りませぬ」

断固とした口調で源之助は言い立てた。

「町方の同心風情《ふぜい》がわが屋敷に居座ると申すか」

神尾は怒声を浴びせてきた。

「お聞かせください」

気持ちを昂《たかぶ》らせることなく静かに頼む。

「八丁堀同心はしつこいのう」

「それは誉め言葉と受け止めさせていただきたいと存じます」

「ふん、したたかな奴め」

神尾は失笑を漏らした。

源之助は頭を垂れた。

しばらく沈黙の後、

「何故、河合右京介に拘《こだわ》るのだ。町方の同心が直参旗本の探索を行うとは妙じゃのう」

事と次第によっては源之助の頼みを聞き入れてくれそうな態度となった。

「河合右京介さまに関わった町人が二人殺されました。一人は河合さまの御屋敷に出入りしていた大工、もう一人は奉公していた女中です」

神尾の目がしばばたたかれた。

「河合が殺したと申すか」

「下手人は不明です。ですが、二人とも星雲館を開設する前の河合さまを知っております。女中などは今の河合さまはまるで別人だと申しておりました」

「別人のう……」

考え込むように神尾は呟いた。

「それから、これは表立っては大きな騒ぎにはなっておりませんが、不忍池から根津界隈で夜鷹が八人、斬られました。八人は両目を潰されるという残虐な凶行でございます」

「まさか、それも河合の仕業と疑っておるのか」

「探索中ゆえ、詳しくは申せませぬが、河合さまを疑う八丁堀同心もおります。いずれにしましても、河合さまの過去に大きな秘密が隠されておると考えます。神尾さま、心当たりがお有りとお見受け致します。何卒《なにとぞ》、お話をお聞かせください」

源之助は声を励ました。

「出来が悪かったとは申せ、部下であった者ゆえな、憶測で物を申すことは躊躇われるが……」

思案を巡らすように神尾は夏空を見上げた。

真っ白に光る入道雲が湧き立ち、風が枝葉を揺らしている。

おもむろに神尾は視線を源之助に向け、

「わかった。話すと致す。だが、その前にもう一度弓を引いてみせい。見事、図星を射抜いてみよ。なに、図星どころか的を外したところで、話をせぬということではない」

矢を的中させることが河合の過去にまつわる秘密を明かす条件ではないと言われたが、それが却《かえ》って闘志をかき立てる。八丁堀同心の意地を試されているような気がした。

絶対に図星を射抜いてやると意気込み、

「承知しました」

と、立ち上がった。


今度は単衣をもろ肌脱ぎにし、強弓を構えた。

「三本じゃ。三本で的中させよ」

神尾に言われ、黙って首肯し、一本めの矢を番えた。

陽炎におぼめく的はやけに遠く感じられ、図星は限りなく小さな点にしか見えない。

必ず図星を射抜くという決意が鈍るが、己を鼓舞し、狙いを定めた。

息を止め、当たれと心の中で念じてから射かけた。

矢は図星どころか的からも外れた。

落ち着けと自分に言い聞かせ、二本めの矢を発した。今度は的には当たったが、図星からは遠い。

目の端に神尾がにやりと笑うのが映った。

かっとなったが、惑わされてはならぬと深呼吸を繰り返した。

的を見返す。いくら凝視しようが的が近づくわけでも図星が大きくなるわけでもない。

「よし」

と、両目を閉じた。

脳裏に的を思い描く。ゆっくりと矢を番え、さっと射かけた。

「見事じゃ」

神尾の声で両眼を開ける。

図星を矢が貫いていた。

御殿の居間に通され、神尾と向かい合った。

神尾は、

「河合右京介の父、宗之介殿には随分と世話になった。宗乃介殿は実に厳しいお方でな、畏れ多くも公方《くぼう》さまをお守りし、公方さま直々の軍団である大番としての心得を叩き込まれた。また、宗乃介殿ご自身が武芸十八般を極められ、武芸ばかりか質素倹約に努《つと》め、己を律すること甚《はなは》だしい、申してみれば武士の鑑《かがみ》のようなお方であった」

「河合さまは厳格なお父上に育てられたのでございますね。では、大番をお勤めの頃には相当な重圧があったことでございましょう。その重圧を酒で紛らわしたということでございましょうか」

「そういうことじゃな。酒癖が悪く、同僚に絡む時、決まって発する暴言があった。先ほど、そなたから夜鷹斬殺の一件を聞き、思い出したのだがな……。殺された夜鷹は両の目を潰されておるということであったが、河合は悪酔いすると必ず、なんだその目は、と怒鳴りおったものじゃ」

河合は、「なんだ、その目は」と叫び立て、そんな目でおれを見るな、蔑《さげす》みの目を向けるなと喚き立てたという。

「わしは、素面《しらふ》の時に河合に尋ねたのだ。そんな目で見るなとはどういうことだとな。すると、河合は申しおった。父と母が自分を叱責する際、必ず蔑みの目で見た、その目が忘れられない。そして、父はおまえを残すのじゃなかったと決まって嘆いたそうだ」

神尾は顔を歪めた。

「おまえを残すとは」

源之助の胸に暗雲が立ち込めた。

「表沙汰にはなっておらぬし、武鑑にも記されておらないが、河合右京介には弟がいたそうじゃ。双子の弟がな。だが、双子ゆえ、赤子の時に家から出された」

この時代、武家において双子は忌嫌《いみきら》われる。弟が家を出され、養子に出されるのが常であった。

「弟は安房の寺に預けられた。兄弟は幼名を松太郎《まつたろう》、竹次郎《たけじろう》といったそうじゃ。家から出したとはいえ、宗乃介殿と妻の菊代殿は弟竹次郎のことが気にかかり、領内を巡検する際には寺に立ち寄り、竹次郎の成長を見たそうだ。竹次郎は学者となるべく学問を積み、学識だけではなく、人柄も優れていた。村人を相手に読み書きを教え、村人たちからも慕われていたという。それで、宗乃介殿が知行地から戻ると必ず優秀な弟を引き合いに出し、河合を面罵《めんば》したのじゃ。宗乃介殿も内密になされ、河合からも他言無用を頼まれたため、わしも胸の中に仕舞った。このことを知る者は河合屋敷の用人などごく少数じゃ。珠子殿にも知らせておらぬ。あとは、河合家から知行地の管理を任されておる代官、確か名は……」

ここで神尾は話を区切り、記憶の糸を辿るように空を見上げた。

「代官の名は蒲田……。蒲田鉄太郎ではございませぬか」

源之助が問いかけると、

「そうじゃ、蒲田じゃ。蒲田は代官の職務と同時に竹次郎を守ってもおったようじゃ」

これで蒲田と河合の繋がりはわかった。

房州浪人、隠密、星雲館で河合と運命の出会いをしたなどと嘘を並べていたわけだ。河合家の代官だと堂々と名乗らないのはきっと邪《よこしま》な企てがあるからだ。浪人の身で星雲館の塾頭を演ずるのが好都合なのだろう。

優秀な弟竹次郎と比べられ、兄松太郎はすさんだ日々を送り、酒に逃避したということだ。

すると、今の河合右京介は弟竹次郎ということか。もし、竹次郎であれば河合の人変わりは納得できる。天啓を得たのでもキリスト教に入信したわけでもない。

まさしく、人そのものが入れ替わったのだ。

弥生、妻珠子を離縁したのは竹次郎が河合右京介になるためだったのではないか。

すると、本物の右京介である松太郎は何処に……。

持仏堂に匿われているのではないか。

そして、松太郎こそが目潰し魔……。

酷暑の炎昼にもかかわらず、源之助の全身に鳥肌が立った。

第五章　短夜《みじかよ》の囮《おとり》

一

その頃、河合屋敷の御殿奥書院では、

「御前さま、何を今更、躊躇《ためら》っておられるのですか」

蒲田が河合に詰め寄っている。

横で妙全も、

「お覚悟を決められよ」

僧侶らしからぬ厳しい顔を向けていた。

「わたしにはできません」

河合は顔色《がんしょく》を失い視線も定まっていない。首を左右に振り、拒絶する声音も弱々しい。星雲館で講義する際には穏やかな語り口の中に信念が感じられるのだが、今の河合は迷いの中にあった。

　決断を躊躇う河合に、

「あなたさまが河合右京介であり続けるためには必要なことではありませんか。そもそも、安房から江戸に向かう際、そのことは納得ずくであったはず。あなたが河合右京介さまとなるということは、兄上は排除されるということですぞ。実際、お父上は廃嫡されたのです。兄上のお命までは奪わないとあなたさまは条件を出され、我らも承知しましたが、事態が暗転しておる今、つまり、兄上の行状が河合家を危機に陥れるかもしれぬからには、お命を奪う、ご決断をしていただかねばなりません」

　蒲田は噛んで含めたような口調で説得にかかった。

　河合は首を左右に振り、

「弥生、安房からまいった時、兄に会ってみると、幼き頃の思い出が蘇《よみがえ》りました。幼き頃、父が知行地を巡検された際、兄上を伴っておられた。兄はわたしを快く受け入れてくれ、共に遊んでくれたものです。十三歳で共に元服するまで、年貢収公の折には必ず父と知行地を訪れ、我らは共に遊び語り合ったのです。それから、兄は河合家の当主となるべく、父の配慮で知行地を訪れることはなくなりました。弥生、父が亡くなり、二十年ぶりに会った兄は河合家当主と大番失格という重圧により、意気消沈されておられました。それでも、わたしを見ると微笑《ほほえ》まれ、よく来たと歓迎してくださった」

ここまで語ったところで河合は嗚咽《おえつ》を漏らし両手を畳についた。

妙全が、

「お父上は松太郎殿の手にかかったのをお忘れなく」

河合はうつむいたままうなずいた。

憔悴の河合を奮《ふる》い立たせるためか、

「松太郎さまは鬱憤を晴らすため、罪もない夜鷹を何人も斬りました。夜更けに屋敷を抜け出す松太郎さまを不審に思われたお父上が松太郎さまを問い詰め、松太郎さまは夜鷹殺しを白状なさったのです。ために、お父上は松太郎さまを廃嫡し、あなたさまを河合右京介として迎え入れようとなさったのですぞ。お父上のご期待に応えられませ」

続いて妙全が、

「後日、松太郎さまは蔑まれたことを逆恨みし、丸腰のお父上を斬ったのです」

宗乃介は松太郎の廃嫡を決めると安房の知行地から蒲田を呼び、竹次郎を跡継ぎにする、ついては、双子ゆえ安房の寺に養子に出したことは内密、あくまで河合右京介として河合家の当主とすることを言い渡した。

その晩、持仏堂で松太郎は宗乃介を殺害した。宗乃介を斬った松太郎は意外にも竹次郎が自分になり代わることを承知したそうだ。但し、持仏堂に居続けることが条件だった。

幸か不幸か用人以下、家臣は解雇され、妻珠子は実家に帰っていた。

急遽、河合家に呼び戻された竹次郎は河合家存続の責務と学問所開設を条件に河合右京介となることを承諾した。皮肉なことに、河合右京介となった竹次郎の最初の仕事は父の葬儀であった。

「わかっています。兄上は正気ではありません。ですが、わたしと話をしている時は昔の兄なのです。安房の浜辺で共に遊んだ兄なのです」

まだ決心できない河合に、

「最早、猶予はありませんぞ。夜鷹殺しを探索しておる町方の同心はこの屋敷が怪しいと睨んでおります」

蒲田が言うと、

「承知しています。南町の矢作兵庫助ですね」

河合は返した。

「矢作のことはなんとかします。兄上のことをなんとかしてください」

今まで以上の強い口調で蒲田は念押しをした。

「しばし、時をください」

河合は立ち上がった。

「どちらへ行かれる」

「兄上のところです」

河合が返事をすると蒲田は止めようとしたが、妙全が好きにさせるのがいいと蒲田を制した。


河合は持仏堂に入った。

仏像の裏手に設けられた奥の座敷へと向かう。襖を開けると、

「兄上、夜分、畏れ入ります」

と、挨拶をした。

「おお、竹次郎」

兄は頰を綻《ほころ》ばせ河合を幼名で呼んだ。

「ご気分はいかがでございますか」

まず河合は兄を気遣った。

「今日は、非常に気分がよい。竹次郎、すまぬな。そなたには辛い役目を押し付けてしまった。江戸で名門旗本の当主としての暮らし、息が詰まるであろうな。すまぬ、おれが至らぬばかりにな」

兄は頭を下げた。

「なにを仰せですか。本来ならば、河合家の当主、大番組頭として公方さまにお仕えするお方であったのです」

河合は言った。

「それが、このような有様だ」

兄は苦笑を漏らした。

「兄上、やはり、安房へ行かれませ。風光明媚な安房で静かにお過ごしください」

「気が進まぬ」

俄かに不機嫌になって兄は拒絶した。

「しかし、これ以上、この屋敷におられては兄上の身が危のうございます」

「蒲田がおれを殺すと申すか」

兄の目がどんよりと濁った。

「蒲田はわたしが抑えます。蒲田が野心を叶えるにはわたしの意向を無視することはできません。蒲田より怖いのは町方です」

「町方風情におれが捕まえられると思うか」

兄は自信を見せた。虚勢ではなく、心底から町方など歯牙《しが》にもかけていないようだ。

「町方を侮《あなど》ってはなりません」

河合は懇願するように上目遣いとなった。

「心配するな。ここにいる限り、大丈夫だ」

「わたしは、心配です」

「おれのような出来の悪い兄を持ち、つくづくとそなたは可哀そうじゃ。逆であれば、なんの問題も起きなかったのだ。そうであろう。おれが弟でそなたが兄なら、このような不幸を呼び込むこともなかったのだ。父を殺さずともすんだ。家来ども奉公人どもに暇を出すことも、珠子を離縁することもなかった。そして、夜鷹どもとて斬られることはなかったのじゃ」

兄は嘆いた。

あまりに身勝手な理屈である。

「そんなことはありません」

河合は強く首を横に振る。

「おれは間違ったことを申したか」

「いいえ、そうではありません。安房で育ったことがわたしには幸運であったと思います」

「慰めか」

「いいえ、幸運でございました。兄上はこの屋敷で、河合家の跡取りとして厳格なる父上の元で暮らしました。そして、大番としての重責を担わなければなりませんでした。安房の知行地でのびのびと暮らすことができたわたしは幸福であったと思います。兄上は、不幸であったと」

「嫡男の定め、おれは嫡男の重圧に負けてしまったのだ。だから、おれは、そなたと入れ替わることを受け入れた」

「わたしは、兄上の無念を胸に河合右京介として生きることを受け入れました。しかし、結局のところ、兄上の身代わりを務めることはできず、わたしはわたしが好きなことだけやっております。わたしも自分の殻に閉じ籠《こも》っておるのです」

「それでよい。大番などに入らずともよい。河合家だけを守っていけばよいのだ」

「では、改めて申します。兄上、安房でお過ごしください」

河合は頭を下げた。

「考えておこう」

弟の顔を立てるためか兄は拒絶しなかった。

「かたじけのう、ございます」

これで、兄を殺さずにすむと河合は安堵した。

「気遣いさせる」

寂しそうな笑いを兄は放った。

その頃、講堂では、

「妙全殿、いかに思われる」

蒲田は妙全に向いた。

「竹次郎殿は非常に誠実無比、なまじ素直であるゆえ意志が強い。悪く言えば頑固なところがある。言い出したら聞かないでしょうな」

「しかし、松太郎、すなわち本物の河合右京介をこれ以上ここに匿うことはできん。そこから、綻《ほころ》びが生じる」

蒲田は危機感を募らせた。

「竹次郎殿が我らに協力する条件は松太郎殿に絶対に手出しをしないということです。ですから、迂闊に手出しはできません。言ってみれば、勝手に松太郎殿を殺しては我らの利得を失うことになるのですからな」

「妙全殿、実はよき手立てがありますぞ」

「なんですかな。まさか、毒を盛り、病で亡くなったことにする、あるいは蒲田殿が得意の自害に見せかけるということですか」

妙全が言ったところで、

「まあ、そんなところです。実際、徒目付二人はそれでうまくいった」

蒲田が返事をしたところで、

「御免」

目付の草野兵部が入って来た。

「おお、草野殿、いいところにやって来られたな」

妙全が歓迎した。

「どうしたのだ、二人とも。大事が成ろうというときにそんな陰気な顔をして」

草野は蒲田と妙全の顔を見回した。

「松太郎殿のことでござる」

蒲田が言った。

「なるほど、あの御仁か」

草野は苦笑を漏らした。

「松太郎殿、またぞろ病が発症し、恐ろしい所業を繰り返しておる。それゆえ、ここらで、退場してもらうのがよいのだが、どうも、竹次郎殿が承知をしないのですよ」

妙全が困ったと繰り返した。

それを引き取り、

「だから、わしは松太郎殿を自害に見せかけて殺すのがよいと申すのだ。なあ、草野殿」

蒲田は草野に賛同を求めたが、

「いや、それはどうであろうな。たとえ、いかに巧妙に自害に見せかけようとも、竹次郎殿は松太郎殿が殺されたと思うだろう。そうなれば、元も子もない」

断固として草野は反対した。

「ならば、どうするのでござる」

「町方の同心を使えばよい」

草野は言った。

「夜鷹殺しを追っている南町の同心、矢作兵庫助を利用するということでござるか」

蒲田が訊くと、

「その通りだ。矢作に松太郎殿を捕縛させればよいのだ」

「それでは、河合右京介が双子の弟であることが露見してしまうではないか」

「その辺のことはうまくやれるだろう。うまい具合に絵を描くぞ」

「どうするのだ」

蒲田が訊くと、

「まあ、ここは草野殿に任せようではないか。なあ」

妙全が言った。

「わかり申した」

不満を滲ませながら蒲田は承知した。

そこへ、

「失礼致します！」

表門から大きな声が聞こえた。

二

源之助は神尾を伴い、河合屋敷へとやって来た。

「炎天下、ご足労をかけ、大変に畏れ入ります」

源之助は詫びた。

神尾は手庇《てびさし》を作り、

「なんの、わしも、河合が抜け荷や辻斬りなどという大それた企てに関与しておるとなっては放っておけぬ」

かつての上役として、神尾も責任を痛感しているようだ。改めて礼を述べてから源之助は訪いを入れた。

来客のようだ。

蒲田が応対に出た。

「またも、北町の蔵間がやって来た。あいつめ、しかも、大番頭神尾能登守さまの付け人だということだ」

蒲田が苦虫《にがむし》を噛んだ。

「何をしにまいられたのだ」

草野が訊くと、

「久しぶりに河合の顔を見たくなったと申されておる」

「先般、寺に来られたではないか」

妙全が逆らうような言葉を口に出した。

「そんなこと、わしに言われても知らん」

「おい、揉めておる場合ではないぞ」

草野が間に入った。

蒲田が落ち着きを取り戻し、

「そうでござるな。ともかく、御前さまに会わせるしかござらん」

「ならば、星雲館へ導きましょう」

妙全は立ち上がった。


源之助は神尾と共に星雲館へと案内された。

今日は休館とあって、講堂の中はがらんとしている。

「神尾さま、とくと、ご覧ください」

源之助が言うと、

「先だっては、離れたところから見ておったゆえ、それにまさか河合ではないなどと思ってもおらなかったゆえ、河合右京介に違いなしと思っておったが、まあ、面と向かってとくとやり取りをすれば、よもや見誤ることなどあるまい」

頼もしい神尾の言葉に、

「よろしくお願い致します」

「それで、もし、河合でなかったとしたらいかがする」

「評定所に訴え出ます。その際には神尾さまも御証言をお願い致します」

「むろん、わしも決着をつけるつもりじゃ」

神尾は請け負った。

蒲田は持仏堂に足を運んだ。

河合右京介を騙る竹次郎と真の河合右京介である松太郎の兄弟が膝を突き合わせている。蒲田が入ると二人ともじろりと視線を向けてきた。

蒲田は二人に一礼をしてから、

「只今、北町の蔵間源之助がまいりました。大番頭の神尾さまと一緒でございます」

途端に松太郎が気色《けしき》ばみ、

「神尾さまが」

と、両目を引き攣らせた。

「わたしが会います」

竹次郎はあくまで穏やかな口調で答えた。

「お願い致します」

蒲田が返したところで、

「いや、わしが会う」

松太郎が言い張った。

「兄上、それはなりません」

竹次郎が引き止めると、

「わたしもそう思います。ここは御前さまにお任せになられてくださいませ」

蒲田が頼み込むと、

「御前さまじゃと、よいか、御前さまはこのわしだ」

威厳を示すように松太郎は声を太くし、胸を反らした。何かに打たれたように蒲田は平伏した。

松太郎は竹次郎を見て、

「わしに任せろ。おそらく、神尾はおまえがまことの河合右京介かどうかを確かめにまいったのだ。いくら顔は瓜二つでも言動はごまかせぬ」

すると蒲田が、

「ですが、その点は問題ございません。蔵間は、河合右京介さまが、人変わりしたことに拘《こだわ》っておりますが、それだけに、言動の違いを人変わりにあると思うはずでございます」

と、割って入った。

「しかし……」

松太郎は納得がいかない様子である。

「いや、やはり、わしが会う。蔵間という八丁堀同心がわざわざ神尾能登守を伴ったということは、わしが大番にいた頃のことをほじくりたいに違いない。それなら、わしが会うべきだ。今なら、あ奴に気圧《けお》されることはない」

松太郎は譲らないため蒲田が反対しようとしたが、

「蒲田さん、兄上に任せましょう」

竹次郎が決めた。

源之助と神尾が待つことしばらくして、松太郎と蒲田がやって来た。

「神尾さま、ようこそ、おいでくださいました」

松太郎は穏やかな笑みをたたえ、神尾の前に座った。ちらっと源之助に視線をくれる。すぐに蒲田が松太郎の脇に座った。

「河合、すっかり病がよくなったようであるな。妙覚寺に新たな学問所を開設させたそうではないか」

鷹揚に神尾は語りかける。

「大番の頃は神尾さまには何かとご迷惑をおかけしましたが、どうにか身体もよくなりまして、お蔭で、学問を広めることができましてございます」

松太郎は慇懃に挨拶をした。

「よくぞ、精進したな。そなたが、これほど学問好きであったとは思ってもおらなんだぞ」

いささか皮肉っぽく神尾は言ったのだが、

「おせのごとく、大番の頃は暮らしがとにかくすさんでおりました。厳格な父と大番という職務に負けておりました。それゆえ、大番を辞してからというもの、自分を見つめ直すことをしておりました」

淡々と松太郎は受ける。

「持仏堂に籠っておったと聞いたが」

「はい。お蔭で実に多くの書物を読むことができました。学問に目覚めたのでございます」

「なるほどのう。して、酒はどうした」

神尾は杯を傾ける格好をした。

「酒は飲みませぬ」

「断ったのか」

「必要とはしなくなりました」

「ほう、あれほど酒好きであったのにな。よくぞ、断ち切れたものだ」

神尾の顔に薄笑いが浮かぶ。

「酒癖が悪く、同僚たちにも迷惑をかけました。そのことがまざまざと思い出され、わたしを苦しめました」

「深く、悔いたということか」

「まさしく」

「今では大勢の町人に慕われるそなたを見ると、わしもうれしく思うぞ」

「畏れ入ります」

松太郎は慇懃に頭を下げた。

「今のそなたなら、大番も立派に務められような」

「それは無理と存じます。武芸の鍛錬はすっかり怠っておりますので」

ゆとりを持って松太郎は断った。

神尾は眼光鋭く、松太郎を見やった。松太郎は神尾の目を見返す。

しばらく沈黙が覆《おお》った。

松太郎の肩が次第にぶるぶると震えてきた。

神尾の顔に蔑みの色が浮かんできた。松太郎の両目が吊り上がり、表情が強張《こわば》ってきた。

「では、この辺で。御前さまは、これから妙寛寺に行かねばなりませんので」

蒲田が言葉を挟んだ。

神尾が表情を緩め、

「河合、しっかりとやれ。そなたは、学問に逃げた。腰に大小を帯びない町人ども相手ならば、武士らしく振る舞うことができようものよな」

いかにも小馬鹿にしたように鼻で笑った。

松太郎は顔を歪ませ立ち上がった。蒲田がはらはらしながら松太郎を見る。松太郎の目は充血し、息が荒くなった。

「河合、大丈夫か。気分がすぐれぬようだが」

神尾が声をかけると、

「これにて、御免」

松太郎はよろめきながら講堂から出て行った。

蒲田は源之助に近づき、

「蔵間さん、いささか、卑怯なる手を使われたな。だが、これで、御前さまは正真正銘の河合右京介さまだとわかったであろう」

「かたじけない」

源之助は軽く頭を下げた。

「では、これにて」

蒲田は松太郎を追うように講堂から出て行った。二人がいなくなってから、

「まごうかたなき、河合右京介であった。あの怯えたような目、間違いない」

静かに神尾は断じた。

「神尾さま、ありがとうございます」

「気が晴れたか」

「すっきりと致しました」

これで確信した。

河合屋敷にはもう一人の河合右京介、すなわち兄松太郎が住まいし、松太郎こそが目潰し魔である。

持仏堂に戻った松太郎は口も利かず、座敷で沈黙した。それを見た蒲田は密かにほくそ笑む。

三

その日の夕刻、矢作兵庫助が南町奉行所を出たところで、蒲田鉄太郎が待っていた。

「おれに何か用か」

警戒心を剝き出しにして矢作は問いかけた。

「夜鷹殺し、いつになったら捕まえる気だ」

蒲田は責めるような口調で言った。

「うるさい、おまえには関わりがないだろう」

矢作がむっとして返すと、

「果たしてそうかな。おまえはわしが関わりがあると睨んでおるのではないのか」

思わせぶりに蒲田はにんまりとした。

矢作も笑みを返し、

「そうだったな。おれは確かに夜鷹殺し、目潰し魔と呼んでおるのだが、目潰し魔が河合さまの御屋敷に入ってゆくのを見た。河合さまと関わりがあると睨んでおる」

「ならば、今夜辺り共に根岸一帯を夜回りしてみようではないか」

蒲田の申し出を、

「ほほう、どうした風の吹き回しだ。おれを手助けしようというのか」

矢作は蒲田の意図を推し量るように上目遣いとなった。

「そうだ」

「なんの魂胆がある」

「魂胆とは人聞きが悪いが、御前さまがいたく心配をなさっておられる。このままでは、恐怖の夜と化し、夜鷹たちも安心して暮らすことはできぬとな」

「河合さまは慈悲深いお方だな」

「そうだ。あのように誠実無比なお方はおられん。それゆえ、そなたが申す目潰し魔を退治せねばならぬということになってな、わしが一肌脱ぐことになったのだ」

蒲田は言った。

「どうして、今夜なのだ」

「善は急げということだ。これからは、目潰し魔に遭遇するまで、夜回りをする」

「夜回りなら南町がやっているから、蒲田殿に手助けを頂くこともないのだがな」

「ま、そう言うな」

蒲田は馴れ馴れしい態度で手を矢作の肩に置いた。矢作はやんわりと振り解いたが、

「おまえ、手柄を立てたくはないのか」

「そりゃ、立てたいに決まっているさ」

「ならば、わしと組め。南町の同僚たちを出し抜くことができるぞ」

「出し抜くとはどういうことだ」

「わしが、目潰し魔をおびき出す」

「おまえ、目潰し魔の所在を知っているのか」

矢作は詰め寄った。

「まあな」

いなすように蒲田は横を向いた。

「何処だ。河合さまの御屋敷、そうだ、あの持仏堂だろう」

「さて、これ以上は申せぬ」

蒲田は意地悪く笑い声を上げた。

「それで、どうするのだ。持仏堂だとしたら、夜更けにおれと一緒に河合さまの御屋敷に忍び込み、持仏堂を急襲するか」

「それはいかにもまずい。河合家は三河以来の名門旗本だ。八丁堀同心が盗人のように旗本屋敷に押し入っていいわけがなかろう」

諭すように蒲田に言われ、

「それもそうだが、他に方法はあるのか」

「囮《おとり》を立てる」

蒲田は言った。

「夜鷹に仕立てるのか」

「そういうことだ」

「だが、そんな夜鷹がいるものか」

「だから、そっちで見つけろ」

「そんなこと言われてもな……」

「おまえの女房はどうだ」

「あいにく、女房はおらん」

「寂しい男やもめか。その面《つら》じゃ女もおらんだろうな。ならば、銭で買うか。それとも、身内にでも頼み込め」

「そんなことはできん」

強い口調で拒否すると、

「捕縛に自信がないのか。目潰し魔にやられるとでも思っているのか」

蒲田は挑発してきた。

「馬鹿なことを申すな、必ず、目潰し魔を捕縛してやる」

矢作は自信満々に返した。

「その意気だ。では、夜四つに河合さまの御屋敷の裏門で待つ」

矢作の返事を待たず、蒲田は立ち去った。

矢作は八丁堀組屋敷の源太郎の家にやって来た。源太郎と美津が美恵を抱き、目を細めている。

「義兄上、ようこそ」

源太郎は歓迎してくれた。

「あら、お酒は持参じゃないんですね」

美津がいぶかしんだ。

次いで、美恵をそっと布団に寝かしつけた。

「ああ、これから、役目があるからな」

矢作は返す。

「宿直《とのい》ですか」

美津の問いかけに、

「目潰し魔の夜回りでしょう」

源太郎が答え、「でしょう」と矢作に確認をしてきた。

「そうだ」

短く答えると、

「まだ、捕まらないのですね。許せない悪党、本当に、兄上、必ず捕まえてください」

「そのつもりだ。それでな……」

矢作は言葉をつぐんだ。

矢作らしからぬ遠慮がちで曖昧な態度だ。

源太郎は胸騒ぎを覚えた。

美津もおやっという顔をした。

「まさか、義兄上」

矢作が視線を落とした。後ろめたいことでもあるような素振りに、
源太郎は表情を強張らせた。黙ったままの矢作の心中を察するように美津は何度もうなずき、

「兄上、わたし、囮になります」

と、申し出た。

「美津、おまえ」

源太郎の声が裏返る。

「旦那さま、わたしは八丁堀同心の家に生まれ育ち、八丁堀同心の妻となりました。御用を支えるのが務め。今回の目潰し魔なる悪党は弱き女ばかりを狙う卑劣極まる者

でございます。絶対に許すことはできません。一刻も早く捕縛し、罪を償わせなければなりません」

美津が決意を示すと、

「美津、すまん。源太郎、すまん」

矢作は両手をついた。

「義兄上、やめてください」

源太郎は腹から声を絞り出した。

「源太郎、必ずおれは目潰し魔を捕まえる」

矢作は言った。

美津が源太郎に向いて、

「旦那さま、どうか、お許しください。わたしはどうしても目潰し魔が許せないのです」

美津に訴えかけられ源太郎はしばし思案した後に、

「わかった。囮になることを許す」

「すまん、恩に着る」

矢作が礼を言うと、

「礼は目潰し魔を捕縛してからということで」

源太郎は言った。

美津は美恵を抱き上げげた。その様子を見ると、さすがに気が差して矢作は渋面となる。

「それで、義兄上、わたしもまいります。但し、わたしは、義兄上や美津とは離れて、見回りをします」

源太郎の申し出を、

「いいだろう」

矢作は拒絶しなかった。

四

日が暮れて、美津がやって来た。美恵を抱きかかえている。

「大変、申し訳ないのですが、美恵を預かってください」

美津は頭を下げげた。

久恵は戸惑い気味に、

「それは構わないけど」

受け入れた。

源之助が、

「美津、そなた」

と、立ち上がった。

「申し訳ございません。よろしくお願い致します」

美津は逃れるようにして玄関に向かった。

源之助は静かに追いかけ、玄関で、

「囮になる気か」

源之助が問いかけると、

「はい」

短く美津は答えた。

源之助が口を開こうとしたところで矢作が入って来た。源之助は矢作と美津を伴い、表に出た。

「親父殿、今晩、目潰し魔を捕らえる」

いきなり矢作は言った。

「美津を囮にする気か」

非難を込めて源之助は問いかけた。矢作が答える前に、

「お父上さま、今回のこと、わたくしからお願いしたことです。お父上さまにはやめるよう言われましたが、どうしても目潰し魔を捕らえたくてお願いしたのです」

美津の切々とした訴えに続いて、

「実はな、蒲田鉄太郎の奴が南町までやって来て、目潰し魔を一緒にお縄にしようと持ち掛けてきたのだ」

矢作が蒲田の申し出を語った。

「蒲田がか」

源之助の目が光った。

そこへ、源太郎もやって来た。

「父上にもお話しすべきでした」

源太郎は美津を囮にすることを承諾したことを詫びた。

「わたしからも話がある」

源之助が言うと、

「では中で話しましょう」

源太郎の家で話すことになった。

居間で、

「目潰し魔の正体がわかった」

源之助は言った。

矢作も源太郎も美津も期待と驚きの入り混じった顔となった。

一瞬の間を置いてから、

「目潰し魔は河合右京介だ」

言った途端に、

「やはり、そうか」

矢作は納得したが、

「そんな……。信じられません。河合さまは町人のために学問所を開き、穏やかで誠実な人柄で……。そんなお方が辻斬りを繰り返すなんて」

源太郎は信じようとはしない。

美津は息を詰めて源之助の言葉を待っている。

「いや、妙なことを申すが、目潰し魔である河合右京介と我らが知る河合右京介は別人なのだ」

「なんだと」

矢作は反発したが源太郎と美津は黙っている。

「実はな、河合右京介は双子であったのだ。そして、我らが知る河合は弟竹次郎であり、家督を継いで大番を務めた河合右京介は兄の松太郎であった。そして、松太郎は目潰し魔となった。父親、宗乃介は不出来な兄を廃嫡し、弟竹次郎を跡取りに付けようとした。それを相談し、安房の知行地から竹次郎を江戸に連れて来たのが代官蒲田鉄太郎であったのだ」

「そうか、それで、人が変わったはずだ」

矢作は納得をし、

「恐ろしいことです」

源太郎は憤りを示した。

美津が、

「河合さまがどのようなお方でありましょうとも、わたくしにしましたら弱き女の敵でございます。絶対に許すことはできません」

断固たる決意を示すと、

「おまえは決して弱き女ではないがな」

矢作が軽口を叩き、ぴんと張り詰めた空気が緩《ゆる》んだ。

一方、河合屋敷の書院では蒲田が、

「御前さま、いや、竹次郎さま、よくぞ、ご決心くださいましたな」

竹次郎に向かって両手をついた。

「断腸の思いです。しかし、そうしなければ、河合家は存続できないのですね」

竹次郎は静かに返した。

「そうです」

蒲田は冷然と言い返す。

「して、いかがしますか」

覚悟を決め、竹次郎は淡々と問い返した。

「わしにお任せくだされ。わしは、今夜、南町の矢作を誘い出しました。矢作は目潰し魔と名付けた辻斬りを捕らえようと躍起になっております」

「兄上を矢作に捕らえさせようというのですか」

「わしが手をかけるよりは、ましではございませんか」

矢作は強く言い返した。

「そうだが、すると、兄上は辻斬りとして町方に捕らえられ、処罰されるということですか」

「それでは、厄介です。町方に松太郎さまの正体がわかれば、河合家はただではすみません。あなたさまが河合右京介になりすましていることが明らかとなりますからな」

「それではいかがするのですか」

「矢作と松太郎さまを殺します。その際、松太郎さまが目潰し魔であることを明らかにします」

「そう都合よく事が運ぶとは思えませんね」

竹次郎が危惧すると、

「そこはお任せください」

「任せよと申されましても、わたしにすればたった一人の兄を犠牲にするのです。兄などいなかった。つまり、河合右京介は一人、双子の兄弟ではないということにしなければならないのでしょう。事は完全を期する必要があるのです。わたしが蚊帳《かや》の外であっていいはずはありません」

珍しく竹次郎は興奮を隠そうとはしなかった。それでも黙る蒲田に、

「このところ、南町が夜回りをし、夜鷹も用心していることから、そうそう、夜鷹に遭遇することはありません。辻斬りは凶行の現場を押さえないといけないのではありませんか」

竹次郎らしい冷静で的確な問いかけにも蒲田は動じることなく、

「そうですな、詳しくお話しします」

と、詫びてから、

「矢作には夜鷹の囮を用意させます」

「詳しく、説明してください」

「矢作が用意した囮の夜鷹を松太郎さまに殺させます。その現場に遭遇した矢作は松太郎さまを捕縛しようとします。わしは、あくまで矢作に加勢するふりをします。矢作が松太郎さまとやり合っているところをわしが矢作を仕留めます。その後、松太郎さまに死んでいただき、二人が相討ちで死んだようにみせかけます。大変に非道なやり方ですが、止むを得ません」

蒲田は河合の了解を求めるべく首を垂れた。

「わかりました。ですが、一つ気になることがあります。目潰し魔は不忍池の畔《ほとり》から

根津権現の門前町にかけて出没してきたのですね。それでしたら、南町の見回りもその辺りが強化されているはずです。夜回りの目をかい潜って行うということなどできるのですか」

もっともらしい河合の指摘に、

「ですから、わたしが矢作を誘導するのです。南町の見回りがなされていない場所です」

「それは何処ですか」

「根津権現の真裏、妙寛寺の近くです」

「そうですか、あの辺りですか」

河合は呟いた。

「新星雲館の玄関口ということになりますが、どうかご了承ください」

「その企ては妙全殿も承知しておられるのですね」

念押しするように河合は尋ねた。

「もちろんです」

蒲田は答えた。

「蒲田さんといい、妙全殿といい、河合家の存続とわたしの我儘《わがまま》のために骨を折ってくださり、感謝申し上げます」

河合は頭を下げた。

「礼を言われるほどのことではございません」

「それはあくまで、利得のためではないのですね」

「もちろんです。もし、松太郎さまが辻斬りを繰り返されたなら、いずれ御公儀の耳に入ります。さすれば河合家は断絶。安房の知行地は御公儀に召し上げられます。そうなれば、どのような厳しい年貢取り立てがあるかもしれず、領民は塗炭《とたん》の苦しみを味わうこととなりましょう」

蒲田はあくまで竹次郎と河合家、そして領民のためだと言い立てた。

五

矢作は美津を伴って根津権現裏手にある妙寛寺の山門へとやって来た。美津は黒地の小袖に桟留縞《さんとめじま》の帯、頭から手拭を被って端を噛んでいる。そして、茣蓙《ござ》を丸めて抱えていた。

すなわち夜鷹になりきっていた。

妙寛寺の前は雑木林となっていて、目潰し魔騒ぎが起きる以前から、夜になると追剝ぎが出没することで知られており、人通りはない。

夜四つを告げる鐘の音が響き渡り、山門から蒲田が出て来た。ちらっと、美津を見やり、

「まことの夜鷹のようだな」

と、鷲鼻を指でこすった。

矢作はそれには答えず、

「段取りを聞こう」

「まあ、そう、焦るな」

蒲田はやんわりと制する。

「遊びではないんだぞ」

むっとして矢作が返すと、蒲田は表情を引き締めた。

「間もなく、貴殿が目潰し魔と名付けた辻斬りがやって来る。わしと貴殿は妙寛寺の山門に潜み、様子を窺う。その間、囮の夜鷹は妙寛寺の前を行ったり来たりして客を取るふりをしていればよい」

蒲田が指示をすると、

「どうして、この辺りに目潰し魔が出没するとわかったのだ」

　矢作は問い返した。

「そんなことはどうでもいいだろう。貴殿は目潰し魔を捕縛しさえすればいいのではないのか」

「いや、是非とも知りたい。でないと、本物の目潰し魔かどうかわからない。あんたが河合さまから疑いの目をそらすために偽の目潰し魔を仕立てることも考えられる」

　矢作が疑念を深めると、

「貴殿といい蔵間さんといい、八丁堀同心は疑い深いな。ま、いいだろう。この際だ。本音を申す。目潰し魔は貴殿が目をつけたように河合屋敷にいる。むろん、河合右京介さまではない。河合右京介さまの双子の兄、松太郎さまだ。松太郎さまは病んでおられる」

「扱いに困っておれに捕縛させようということか」

「そういうことだ。しっかりと頼むぞ」

　蒲田は矢作を促し、妙寛寺の山門を潜った。

　美津はゆっくりと妙寛寺の前を歩き始めた。

　男勝りの美津であるが、人気《ひとけ》のない往来を一人歩くと心細くなってくる。加えて目潰し魔がいつ現れるのかという恐怖心が迫ってくる。いくら、兄や夫、そして舅《しゅうと》が見守ってくれているとはいえ、そして、自ら望んだこととはいえ、後悔が胸をついた。

後悔の念が湧いてくると、伏し目がちとなり、背中も丸まってしまう。早く、目潰し魔がやって来て欲しいという思いと今夜は出没しないでくれという思いが交錯し、時が過ぎゆくのが遅い。汗が滴《したた》り、化粧が崩れたが、気に留める余裕はない。

と、背後から足音が近づいてきた。

思わず身がすくんだ。

「おい」

男の声が聞こえた。立ち止まったものの足が震える。男が近づいて来るのがわかったが振り返ることができない。

「買ってやろうってんだよ」

酒に酔っているのか男は呂律《ろれつ》が怪しい。振り返ると、町人である。印半纏に腹がけ、大工のようだ。

「なんだ」

安堵と、こんな時に間際《まぎ》らわしいという怒りがこみ上げてきた。

「なんだって、客になってやろうってんだよ」

大工は美津の腕を摑んだ。

「やめなさい」

強く手を振り払う。

「ええっ……」

思いがけなく邪険に扱われ、大工は目を白黒とさせた。

「客に何するんだ」

むっとしながら大工が文句を言う。

「うるさい、さっさと、行きなさい。おまえさんを相手にしている場合じゃないんだよ」

大工は悪くはないのだが、とんだ邪魔である。

「けっ、夜鷹のくせにお高く止まりやがって。いいから、来い」

しつこく絡む大工に、

「行きなさい」

厳しい声音を浴びせ、丸めた莫蓙で叩いた。

「わ、わかったよ。てめえなんか、辻斬りに斬られちまえ」

捨て台詞《ぜりふ》を残し、大工は立ち去った。

大工がいなくなると、妙に落ち着いたことに美津は気付いた。恐怖心が去り、使命感が湧いている。

胆が据わった。

目潰し魔、早く来なさい。

手ぐすね引くような心持ちで美津は歩き始めた。

源之助と源太郎は雑木林の中に潜んでいる。

木々が枝を伸ばし、地べたに伸びる木の根の隙間に腰を下ろし、じっとしていた。風が通り、涼を感じることができた。蟬《せみ》も鳴き止んで草ずれの音が聞こえるばかりだ。

矢作と蒲田が妙寛寺の中に入り、美津が歩き始めた。囮を志願した気丈な妻を目で追いながら、

「あとは、松太郎がやって来るのを待つだけですね」

源太郎の顔は汗にまみれ、期待と緊張を隠せないようだ。

「蒲田の奴、きっと、矢作を罠にかけたいのだ。美津が囮となって目潰し魔を引きずり出すのだが、蒲田からすれば目潰し魔を囮にして我らを釣り上げようという腹に違いない」

源之助が断じると、

「それは狡猾《こうかつ》でございますね」

「そんなことを考えるのは策士草野兵部に違いあるまい」

源之助が言うと、

「策士、策に溺れる、父上、絶対に目潰し魔を捕縛致しましょう」

源太郎は闘志をかき立てられたようだ。

すると、下ばえを踏む足音が近づいてきた。源之助と源太郎は身を伏せて息を殺す。

雑木林を抜けた男は黒覆面で顔を隠し、黒の小袖に黒の裁着《たっつ》け袴《ばかま》、腰には大刀のみを差している。

目潰し魔だ。

雑木林を抜けると目潰し魔は足早に美津へ近づいて行った。

山門の陰で様子を見ていた矢作と蒲田は雑木林から目潰し魔が現れたことを確かめた。

すかさず矢作は飛び出すと、

「目潰し魔！」

叫んで抜刀した。美津がこちらを見たところで、

「美津、でかした。離れておれ」

大きな声をかける。

目潰し魔も刀を抜いた。

雑木林の中では源太郎がいきり立ったが、

「待て、目潰し魔は矢作に任せておけばいい」

源之助は引き止めた。

「しかし、父上……」

源太郎が見返すと、

「悪党どものやることを見定めるのだ」

源之助は言った。

矢作は目潰し魔に斬りかかった。目潰し魔は後ずさりをした。八双の構えをしながら矢作は間合いを詰め、袈裟懸けに振り下ろした。夜風がびゅんと鳴り、目潰し魔の黒覆面が切り裂かれる。

月明かりに河合右京介の温和な面差しがほの白く浮かび上がった。

いや、河合右京介には違いないが兄松太郎である。

「河合さま、松太郎さま、潔《いさぎよ》く観念なさってください」

大刀を構えながら矢作は声を放った。

しかし、松太郎は無言である。

「名門旗本の矜持《きょうじ》にかけ、罪を償ってくだされ」

熱を帯びた口調で矢作は説得にかかったが、松太郎は応じるどころか斬りかかってきた。矢作は腰を落とし、松太郎の太刀筋を見切ると大刀の峰を返して松太郎の手首を打った。

松太郎の顔が歪み、大刀が両手から離れた。

路上に転がる大刀を矢作は蹴飛ばした。

大刀を失った松太郎は後ずさりし、妙寛寺の築地塀に背中からもたれて立ち止まった。怯えの顔を矢作に向け、

「斬れ！　殺せ！」

と、叫び立てる。

「縛《ばく》についてくだされ」

矢作は大刀を鞘に戻した。

矢作と松太郎の争いを見ながら蒲田は山門を出ると足を忍ばせて矢作へ近づいて行った。素早く大刀を抜く。

次いで、走りだすと大刀を振り上げる。

背後から迫る足音に気付いた矢作は振り返った。

蒲田が凄い形相で斬り込んでくる。

矢作は右手を大刀の柄《つか》に掛けたが、間に合わない。

大刀の切っ先を向け、猛然たる突きを蒲田は繰り出した。矢作は右に飛び退いた。

ところが蒲田は矢作には見向きもせず横を走り抜け松太郎に向かった。

「ううっ」

松太郎が呻き声上げた。

蒲田の大刀が胸に深々と刺さっている。見る見るおびただしい血が胸を濡らす。

「おまえ、なんということを！」

矢作が怒声を浴びせると蒲田は大刀を抜き、無言で矢作に向かってきた。

矢作は背後に飛びすさる。

その時、

「きゃあ！」

呼子にも負けない悲鳴が轟いた。

声の主は美津である。

美津の前には抜き身を提げた黒い影が立っていた。黒覆面、黒小袖に裁着け袴という格好は目潰し魔のようだ。

美津は茣蓙を振り回した。

「おのれ！」

美津を助けようと源太郎は駆けだす。

男は美津の茣蓙を大刀で切り裂いた。しかし、美津は身をすくめることもなく懐剣を抜き、逆手に構える。

男はじりじりと美津に迫る。

源太郎は焦る余り、前のめりになったと思うと、転倒してしまった。

源之助は雪駄を脱ぎ、男に狙いをつけると、思い切り投げた。鉛の薄板を仕込んだ雪駄が一直線に飛び、男の後頭部に命中した。

男はよろめいた。

立ち上がった源太郎が男の背後に迫る。

「源太郎、殺すな、捕らえよ」

源之助が大声で命じた。

「御用だ！」

源太郎は腰の十手を抜き、黒覆面に隠れた男の顔面を打ち据えた。男は膝から崩れた。すかさず源太郎は覆面をはぎ取った。

河合右京介である。

しかしながら、目がどんよりと濁り、星雲館で講義をしている颯爽さはない。

源之助が近づき、

「松太郎さまですな」

と、声をかけると男は無言で首肯した。

美津が安堵のため息を吐き、その場に蹲《うずくま》った。

「美津、立派であったぞ」

源之助は称賛の言葉をかけ、源太郎に松太郎を捕縛するよう言いつけた。

蒲田は矢作と対峙していたが、大刀を下ろした。次いで、

「竹次郎さま……。竹次郎さまですか」

悲痛な叫びと共に駆け寄り、竹次郎を抱き起こした。矢作も納刀し、傍《かたわ》らに立つ。

「兄上……、兄上」

力ないかすれた声で竹次郎は兄を呼び続け、やがてがっくりとなった。

竹次郎は兄の身代わりになろうとしたのだった。

矢作が、

「蒲田鉄太郎、おまえたちの悪事は兄弟の絆に負けたな」

蒲田は薄笑いを浮かべ、あぐらをかいた。


月が替わり、文月《ふづき》の十五日、盂蘭盆会《うらぼんえ》の晩である。八丁堀同心や与力たちの屋敷の門は開かれ、家々の軒先には切子灯籠《きりこどうろう》がかけられていた。

源之助は母屋の縁側で、日本橋長谷川町の履物問屋杵屋善右衛門と西瓜《すいか》を食べていた。二人とも浴衣《ゆかた》という気楽な格好だ。

「新しい雪駄、持って来ました。先ほど、お内儀さまにお渡ししましたよ」

善右衛門が言うと、

「かたじけない」

源之助は軽く頭を下げた。

「それにしましても、蔵間さまはいつまでもお元気ですな。羨ましい限りです。わたしなんぞ、あの雪駄では湯屋に行くのも億劫《おっくう》ですよ」

善右衛門は微笑《ほほえ》みかけてきた。

「わたしも正直なところ、半ば意地で履いています。こういう意地っ張りがいると周りは迷惑でしょうが」

「近頃、変に物分かりがいい上役が多いようですから、蔵間さまのようなお方が睨みを利かせていただかないと」

善右衛門は西瓜にかぶりついた。

「精々、うるさがられますか」

源之助も西瓜を食べた。

松太郎こと河合右京介は捕縛され、評定所で裁かれることになった。八人もの夜鷹を殺した罪は免れず、切腹すら許されない打ち首に処せられるだろうとは吟味に当たる水野忠邦の見通しである。

当然、河合家は改易に処せられる。

また、蒲田鉄太郎と妙全も抜け荷と隠れキリシタン隠匿の罪で近日中にも評定所で裁かれる。安房からやって来た者たちは隠れキリシタンであり、妙寛寺に設けられた仮設小屋から抜け荷品が発見されたのだ。

捕縛された隠れキリシタンは抜け荷の利を得るために入信した連中ばかりで、捕縛されるとすぐに改宗した。だが、抜け荷の罪は明らかで追放刑が課せられるようだ。

一連の事件の黒幕であった草野兵部は評定所で吟味をされる前に切腹した。

陰惨な事件であったが、唯一の救いがあった。

竹次郎が奇跡的に助かったのである。

目下《もっか》、竹次郎は小石川養生所で傷の治療に当たっている。抜け荷は利用されただけ、兄を匿ったのは兄弟ゆえだと酌量され、町人たちに無償で学問を教授していたことも評価されて、傷が癒え次第、解き放たれるということだ。

竹次郎は安房に戻り、寺子屋を開くことを望んでいるらしい。

寺子屋の師匠、竹次郎ならきっといい師匠になり、子供たちに慕われるだろう。

庭では美津が美恵を抱き、源太郎が線香花火をやっている。

懐剣を手に目潰し魔に挑んだ気丈さはなりを潜め、にこにこと美恵をあやす顔は良き母、良き妻である。

人には様々な顔がある。表で見せる顔と家族に向ける顔とは違って当たり前だ。

それにしても河合右京介、松太郎と竹次郎という容貌は瓜二つながら性格も育ちもまったく違う兄弟、二人が一人となった双面《ふたおもて》の旗本であった。

源之助は縁側から腰を上げ、美恵の顔を覗き込んだ。

笑顔を作ったつもりだがいかつい顔が際立ち、美恵は火がついたように泣きだした。

時代小説

二見時代小説文庫

双面《ふたおもて》の旗本《はたもと》　居眠《いねむ》り同心《どうしん》 影御用《かげごよう》27

著者　早見《はやみ》 俊《しゅん》

発行所　株式会社 二見書房
東京都千代田区神田三崎町二―一八―一一
電話　〇三―三五一五―二三一一［営業］
〇三―三五一五―二三一三［編集］
振替　〇〇一七〇―四―二六三九

印刷　株式会社 堀内印刷所
製本　株式会社 村上製本所

落丁・乱丁本はお取り替えいたします。
定価は、カバーに表示してあります。

ISBN978－4－576－18114－1
http://www.futami.co.jp/

早見俊

居眠り同心 影御用 シリーズ

以下続刊

閑職に飛ばされた凄腕の元筆頭同心「居眠り番」蔵間源之助に舞い降りる影御用とは…!?

① 居眠り同心影御用 源之助人助け帖
② 朝顔の姫
③ 与力の娘
④ 犬侍の嫁
⑤ 草笛が啼《な》く
⑥ 同心の妹
⑦ 殿さまの貌《かお》
⑧ 信念の人
⑨ 惑いの剣
⑩ 青嵐《せいらん》を斬る
⑪ 風神狩り
⑫ 嵐の予兆
⑬ 七福神斬り

⑭ 名門斬り
⑮ 闇の狐狩り
⑯ 悪手《あくしゅ》斬り
⑰ 無法許さじ
⑱ 十万石を蹴る
⑲ 闇への誘い
⑳ 流麗の刺客
㉑ 虚構斬り
㉒ 春風の軍師
㉓ 炎剣《えんけん》が奔《はし》る
㉔㉕ 野望の埋火《うずみび》（上・下）
㉖ 幻の赦免船
㉗ 双面《ふたおもて》の旗本

藤 水名子

火盗改「剣組」
シリーズ

以下続刊

① 鬼神 剣崎鉄三郎

《鬼平》こと長谷川平蔵に薫陶を受けた火盗改与力剣崎鉄三郎は、新しいお頭・森山孝盛のもと、配下の《剣組》を率いて、関八州最大の盗賊団にして積年の宿敵《雲竜党》を追っていた。ある日、江戸に戻るとお頭の奥方と子供らを人質に、悪党たちが役宅に立て籠もっていた…。《鬼神》剣崎と命知らずの《剣組》が、裏で糸引く宿敵に迫る！